LA NOSTRA PRIMA VOLTA

Prima ristampa, settembre 2010

progetto grafico di Gaia Stock

ISBN 978-88-477-2635-2

www.edizioniel.com

sabrina rondinelli

LA NOSTRA PRIMA VOLTA

Edizioni EL

A tutti i ragazzi che cercano l'amore.

«Amo gli adolescenti perché tutto quello che fanno, lo fanno per la prima volta».

Jim Morrison

PARTE PRIMA
INCONTRARSI

CAPITOLO PRIMO

Si chiama Viola, come il fiore. O il colore del cielo al mattino nei giorni che saranno pieni di sole. Viola, come lo strumento musicale. Mi piace il suo nome: è delicato come una melodia. Viola del pensiero, del mio pensiero che è pieno di te.

La guardo mentre è intenta al lavoro. Rimango incantato nel vederla concentrata, assorta unicamente in quello che sta facendo. Affonda le mani piccole nella creta morbida, lavorandola con dedizione, come se ci stesse facendo l'amore, con quella creta. Ogni tanto si rimette a posto una ciocca di capelli biondi che le ricade ribelle sul viso. Lavora piano, senza fretta, e mi piace il suo modo di muovere le mani che accarezzano la materia mentre le danno forma e significato.

Provo a immaginare le sue mani su di me, sulla mia pelle. Le immagino scivolare dolcemente sul mio viso, in una calda carezza leggera, procedere con lentezza lungo il collo e quindi piú giú, le dita che disegnano maliziosi arabeschi sui miei pettorali nudi...

– Valenti? Valenti?! Che fa? La vedo distratto...

La voce del professore di scultura mi catapulta fuori dal sogno, costringendomi a sobbalzare.

– Ehm... stavo riflettendo, professore... Pensavo alla mia scultura... a come procedere...

Il professor Bonelli annuisce, accarezzandosi la barba bianca. – Bravo, Valenti. È cosí che lavora l'artista. Un artista quando scolpisce non deve mai dimenticare che il pensiero è insito nell'atto creativo stesso. L'estro da solo, se non è disciplinato dalla ragion pura, rischia di perdersi nei meandri dell'irrazionale metafisico.

– Certo, professore, infatti! – confermo io con l'espressione convinta anche se, come al solito, non ho capito niente di quello che ha detto. Bonelli sorride soddisfatto, continuando il giro in mezzo ai cavalletti degli studenti. Insegnare in un liceo artistico non era la sua massima aspirazione. Ma non si può vivere di sola arte, soprattutto se stai lavorando da quarantadue anni a un'opera incompiuta.

Guardo l'orologio. Manca soltanto un quarto d'ora alla fine della lezione. Poi dovrò aspettare un'altra settimana per rivedere Viola. E il pensiero di un'altra settimana senza di lei mi sembra quasi intollerabile. Viola, voltati dalla mia parte, ti prego. Solo per un istante. Lascia che le traiettorie dei nostri sguardi si incrocino nel punto esatto di un sorriso. Voltati adesso, adesso perché tra dieci minuti il tempo si dilaterà in giorni di nuovo vissuti nell'attesa di te.

Ancora dieci minuti. Provo ad architettare un piano d'azione. A cercare una scusa qualunque, anche banale, pur di poterle parlare alla distanza di un soffio. Quanto vorrei poterle soffiare parole ardite nell'incavo soffice dietro il lobo dell'orecchio, e vederla arrossire per l'audacia delle mie proposte. Arrossisce per niente, Viola, e poi abbassa lo sguardo come se fosse una colpa arrossire in un mondo dove non arrossisce piú nessuno.

– Daniele, svegliati, è suonata! – mi avverte un compagno mollandomi una gomitata.

Come è suonata? E quando è successo? Ricopro in fretta

con un panno umido il mio sgorbio storto di creta, lanciando nel frattempo un'occhiata a Viola che si sta già sfilando il grembiule. Non devo perdere neanche un secondo, devo uscire dall'aula prima di lei e stazionare sulla porta cosí da poterla salutare con un sorriso che possa dirle piú di mille parole. E da un sorriso può nascere un'intera galassia d'amore... Mi lavo le mani, un po' di creta rimane attaccata alle dita ma non importa, mi asciugo, mentre lei si scioglie i capelli lunghi e ondulati che teneva legati in una coda. Recupero lo zaino e raggiungo la porta; riaccendo il cellulare per fingermi impegnato, aspettando che mi passi vicino. La vedo prendere il suo zaino e avanzare nella mia direzione fino ad arrivare a un passo da me.

– Ciao, Viola! – Glielo dico con gli occhi che guardano dritto nei suoi, con le labbra aperte nel sorriso piú ampio di cui sono capace e con la voce piú dolce che le mie corde vocali possano modulare.

– Ciaoo! – risponde lei. Ma non lo dice a me. Lo dice alla porta, all'aula, all'edificio scolastico, all'ultima lezione della giornata finalmente terminata, che la lascia libera di andare dove vuole.

Nel passarmi accanto, per poco non mi pesta un piede.

Trasparente. Ecco come sono per lei. Anzi no, sono sicuro che mi ha visto. Come parte integrante dell'arredamento. Per lei ho lo stesso valore di una tenda che si scosta per passare oltre.

Rimango immobile vicino alla porta, annichilito dallo sconforto. Lascio che gli ultimi compagni mi sfilino accanto, urtandomi con gli zaini pesanti. Poi mi avvio alla rastrelliera per recuperare il mio giubbotto. E la riconosco all'istante: la sciarpa arcobaleno con i colori della pace. La sciarpa che Viola ha dimenticato. È un segno divino, me lo sento. Afferro la sciarpa e scatto con la potenza di un velocista alla finale delle Olimpiadi. Mi tuffo nel corridoio, in mezzo alla fiumana degli studenti urlanti che si sta incanalando verso il portone. Viola, dove sei? Non ti vedo. Non puoi essere uscita senza la tua sciarpa di lana. Fuori fa freddo, questo è uno degli inverni piú rigidi degli ultimi cento anni. Zigzago tra la ressa, scavalco gambe, cartelline, cartelle, colpisco caviglie, calpesto piedi, corro, sgomito e spingo, fino a che la vedo, quasi sul portone. Cercando di sovrastare il vociare, grido: – Viola! – e lei si gira finalmente verso di me. Le vado incontro, ansimando leggermente. – Hai dimenticato questa.

Mi osserva un po' stupita, guardandomi negli occhi, ma è solo un momento perché subito lo sguardo si sposta sul pezzo di stoffa che le porgo: – Ah già, la sciarpa! Dimentico sempre qualche pezzo...

La sciarpa passa dalle mie mani alle sue. La sua pelle, che sfiora la mia pelle, mi provoca un brivido elettrico che dalla punta delle dita si propaga in tutto il corpo, lasciandomi senza fiato.

– Grazie, Valenti, ci vediamo martedí prossimo!

Si è già voltata; non mi ha dato il tempo di dirle nulla. E un'altra occasione mi è scivolata tra le dita in un attimo fuggente.

Sta già scomparendo, Viola, oltre il portone, la sciarpa colorata che svolazza nel freddo sotto zero.

CAPITOLO SECONDO

Mi lascio la scuola alle spalle col cuore che già batte piú forte.

Ho addosso una gioia nervosa, un'agitazione impaziente che mi buca la pancia e mi asciuga la bocca, che spinge le gambe a camminare spedite e che mi fa sudare, a quattro gradi sotto zero. Accelero il passo e quasi corro verso la stazione della metropolitana, scendo le scale volando, scivolo in mezzo alle porte del treno che si chiudono con un fischio, poi il treno parte, va veloce ma non abbastanza, e mi sento leggera e pesante mentre chiudo gli occhi provando a immaginare la scena che tra poco vivrò.

Oddioo! I capelli... È da stamattina che non mi pettino!

Apro lo zaino, frugando tra libri, quaderni, cartelline da disegno, fogli sparsi, c'è di tutto qui dentro, fazzolettini, un orecchino spaiato, la macchina fotografica, pacchetti di crackers sbriciolati e persino la custodia degli occhiali che mia madre sta cercando da una settimana. Finalmente trovo lo specchietto, mi guardo, inorridisco, lo chiudo di scatto, mi viene un attacco di panico, cerco freneticamente il pettine che avrò dimenticato chissà dove, ma è già ora di scendere, le porte del treno si spalancano e io mi catapulto fuori, con i capelli spettinati e il cuore in gola.

Il cielo sta diventando scuro quando raggiungo la piazza in centro dove tutti i giorni si ritrovano i liceali. Nonostante il freddo e il buio imminente, è affollata di ragazzi che sostano a gruppetti davanti alle panchine, ai bar o ai negozi di abbigliamento: parlano, scherzano, ridono, e c'è anche qualcuno che balla la tecktonik sui gradini di una statua.

Mi guardo intorno e lo riconosco subito in mezzo agli altri; mi appare semplicemente perfetto mentre si stacca dal suo gruppo e mi viene incontro, a passo sicuro. Gliela invidio, la sua sicurezza, e ancora non mi capacito di come un ragazzo cosí bello abbia potuto scegliere una qualunque come me. Sento salire un rossore bruciante su per il collo e mi odio, odio il mio corpo che mi tradisce e che grida, senza il mio permesso, l'emozione che invece vorrei nascondere.

Non mi bacia, Filippo, non mi bacia mai davanti agli amici.

– Ciao. Arrivi da scuola?

– Sí, ero indecisa se passare da casa a posare lo zaino, ma poi diventava tardi...

Mi sfiora la guancia. – Beviamo qualcosa?

Entriamo da Oliver, un negozio di abbigliamento esclusivo dove si può anche prendere da bere, frequentato dai ragazzi bene della città. Questo posto mi mette soggezione, non conosco nessuno qui, mentre Filippo sembra conoscere un sacco di gente che saluta con pacche amichevoli e qualche frase di circostanza. Fa un caldo esagerato e mi sento impacciata nei movimenti con questo zaino sulle spalle che pesa un quintale.

– Ci sediamo? – mi chiede Filippo.

Annuisco grata, seguendolo verso un divanetto appartato sul quale posso finalmente appoggiare zaino, cappotto, guanti e sciarpa. Filippo ordina una cioccolata calda per me e una birra per lui.

– Hai le mani ancora sporche di creta, – mi fa notare.

Mi osservo le dita. – Hai ragione, oggi abbiamo fatto scultura. È divertente, c'è un professore un po' matto, quando parte con le sue spiegazioni senza senso ridiamo tutti.

– Beati voi dell'artistico che vi divertite tanto. Noi dello scientifico studiamo cose piú serie...

– Che c'entra? L'arte è una cosa molto seria. E poi anche noi studiamo italiano, matematica, inglese...

– Sí, ma il livello non è esattamente lo stesso.

Vorrei controbattere, però mi mordo la lingua: su questo argomento abbiamo già discusso una volta. E non ho voglia di rovinarmi il pomeriggio. Ci vediamo già cosí poco...

– Ma guarda un po' chi si rivede! – Una bionda alta e slanciata, con un paio di gambe che arrivano al lampadario, si è fermata al nostro tavolo. Indossa stivali neri, jeans attillatissimi e una giacca dorata con borsa in tinta; sui capelli lunghi e lisci come quelli della Barbie spiccano due mollettine rosse e luccicanti.

Filippo la fissa stupito. – Ehi... ma non eri in America a fare uno stage?

– Tornata ieri!

– Sono già passati sei mesi? Certo che il tempo vola! E com'era l'America?

Barbie Raperonzolo risponde con la voce in falsetto. – Fantastica! Un'esperienza da urlo! Non puoi capire. Ho conosciuto un sacco di gente giusta, sono dieci anni avanti, è tutto cosí diverso in America... – Fa finta di accorgersi di me. – Ma non mi presenti la tua amica?

– Sí, scusa, si chiama Viola. Viola, lei è Isabella.

Mi stringe la mano, una stretta secca e decisa. – Fai anche tu lo scientifico?

Filippo risponde al mio posto. – No, lei va all'artistico...

– Un'artista! Avrei dovuto indovinarlo –. Il suo sguardo si ferma sulla sciarpa appoggiata accanto a me. – Si vede dalla sciarpa. L'hai comprata al mercato? Carina, comunque, molto colorata. A proposito, sabato sera organizzo una festa in discoteca per il mio rientro. Venite?

– Non credo, Viola deve essere a casa a mezzanotte.

– A mezzanotte?! Come Cenerentola! Peccato, sarà per la prossima volta –. Sorride, falsa come una banconota contraffatta. – Adesso devo salutarvi, vado a disfare le valigie. Ciao Viola, piacere di averti conosciuta.

Saluta con la mano perfettamente curata e sculetta sfavillante verso l'uscita, lasciandomi umiliata e senza parole.

Filippo è imbarazzato almeno quanto me. – Viola, non ci fare caso, lei è fatta cosí.

– Allora la conosci bene...

Sospira, o forse sbuffa. – Abbiamo avuto una storia ma è finita da un pezzo, non c'è piú niente tra noi –. Fa una pausa. Poi intreccia le sue dita alle mie, addolcendo la voce. – Però adesso non litighiamo, altrimenti gliela diamo vinta.

Ingoio la cioccolata, cercando di non farmela andare di traverso.

CAPITOLO TERZO

Secondo la ricerca scientifica, l'amore è soltanto una formula chimica, un cocktail di seducenti ormoni che, reagendo a stimoli affettivi e sessuali, determina il fenomeno dell'innamoramento.

La tempesta che si scatena nel cervello dell'innamorato è causata all'inizio da una molecola chiamata feniletilamina, l'ormone dell'amore a prima vista. È colpa sua se il Romeo o la Giulietta di turno non mangiano, non dormono e pensano in continuazione alla persona amata; un altro ormone, la dopamina, emette segnali di felicità, piacere ed euforia, che fanno ardere dal desiderio di rivedere l'oggetto d'amore per poter rivivere quelle sensazioni esaltanti; l'ossitocina, invece, vera e propria colla ormonale, spinge agli abbracci e al contatto fisico con la persona amata, mentre il senso dell'odorato capta i ferormoni, in pratica l'odore dell'altro, che diventa cosí un afrodisiaco irresistibile capace di mandarci fuori di testa.

Semplice, no? Tutto spiegato e provato scientificamente.

Infatti, se mi tremano le mani mentre prendo la creta dal cassone di metallo in fondo all'aula di scultura, è soltanto a causa dei ferormoni di Viola che sta facendo la stessa cosa a pochi centimetri da me (pare che i ferormoni siano prodotti da ghiandole situate sotto le ascelle, intorno ai capezzoli e sull'inguine). Ecco spiegato perché Viola mi piace «a pelle»: la ragione è da ricondurre semplicemente a queste molecoline invisibili e volatili che dal naso arrivano al cervello, e dal cervello al cuore.

Quindi mi domando: se è tutto cosí semplice e spiegabile razionalmente, per quale motivo, ogni volta che ne ho l'occasione, non riesco a spiccicare nemmeno una parola?

Oggi Viola è piú bella dello scorso martedí e di quello prima ancora; mi sembra che la sua bellezza aumenti di settimana in settimana e provo gioia soltanto a guardarla (ecco gli ormoni della feniletilamina che mi invadono, mi inzuppano il cervello). Tiene i capelli raccolti in una coda, come sempre quando lavora la creta, e noto che indossa un paio di orecchini a forma di fiore, rossi, con uno strass bianco al centro; credo che faccia collezione di orecchini perché ne ha sempre di diversi, a eccezione di uno piccolo e rosa, un anellino, che invece non si toglie mai.

Non riesco a staccare lo sguardo da lei, a causa naturalmente delle molecole di dopamina le quali, miscelandosi con quelle della feniletilamina, mi impediscono di concentrarmi come dovrei sulla scultura che le mie mani stanno creando in modo del tutto autonomo.

Il professor Bonelli, intanto, sta elogiando il lavoro di Francesca Ferrandi, la piú dotata del nostro corso. – Prendete esempio, ragazzi. La signorina Ferrandi dimostra già una notevole conoscenza della tecnica che si evince dal modo in cui padroneggia la materia –. Il professore accompagna le parole con ampi gesti, come se stesse scolpendo una statua immaginaria. – Potete osservare come la metamorfica trasformazione della creta traslucidando rivela all'occhio attento una marcata valenza concettuale ed onomatopeica che trascolora in arte pura.

Vaneggiamenti di Bonelli a parte, Francesca ha davvero talento, e soprattutto passione per la scultura, tanto che ha ottenuto un permesso speciale dal preside per continuare a lavorare oltre l'orario scolastico; ha un anno piú di noi, è ripetente, si vocifera che l'abbiano bocciata a causa delle numerose assenze (un paio di volte l'hanno pure beccata a bigiare). Francesca preferisce i vestiti aderenti, neri come i suoi capelli, che porta lunghi con un ciuffone laterale e asimmetrico. Gli occhi sono azzurri, truccati pesantemente e cerchiati da occhiaie scure che le danno un'aria un po' sofferente. Ha due piercing sotto le labbra, un tatuaggio strano sulla nuca e indossa sempre un paio di vecchie Vans a scacchi. Sta in classe con Viola, mentre io mi devo accontentare di vederla soltanto una volta alla settimana, il martedí dalle due alle cinque del pomeriggio, assediato nei restanti sei giorni da miriadi di molecole di dopamina che soffocano ogni mio altro pensiero che non sia legato a Viola. Com'è carina oggi, le stanno proprio bene quegli orecchini a forma di fiore che...

– Valenti? Valenti?! Non vede che la sua scultura sta crollando?!

La voce di Bonelli mi costringe a tornare alla realtà. Fisso con orrore l'ammasso di creta informe che pende pericolosamente verso il pavimento, sempre piú attratto dalle terrestri leggi di gravità.

Bonelli mi punta contro il dito. – Vi ho già spiegato che bisogna sistemare i volumi di materia partendo dal basso, e poi procedere per gradi verso l'alto!

– Ha ragione, professore... me n'ero dimenticato... – dico, tentando di ridistribuire la creta sulla struttura in ferro che la sostiene.

– Le leggi della fisica sfidano l'arte, ma il vero artista è capace di andare oltre i limiti imposti dalla concretezza tangibile e tangente, il vero artista...

Di cos'altro sia capace il vero artista ce lo dirà forse la prossima lezione, perché il tonfo sordo della mia scultura che rovina a terra lo interrompe bruscamente. Tutti i miei compagni si voltano verso di me e le loro risate si uniscono al suono della campanella, che anche per questo martedí annuncia la fine della lezione.

Rimango a raccogliere i rimasugli di un'opera che poteva essere d'arte, con la sola compagnia di Francesca Ferrandi, la quale continua a lavorare senza degnarmi di uno sguardo.

Poi vado a cercare uno spazzolone per porre rimedio al disastro che ho combinato.

In portineria non c'è nessuno, a quest'ora i bidelli stanno pulendo le aule lasciate vuote e in disordine dagli studenti; percorro il corridoio, facendo capolino in ogni classe senza trovare nessuno. Mi ritrovo davanti alla scala che porta al piano interrato, dove ci sono i laboratori di pittura e graffiti; scendo i gradini, gli occhi ci mettono qualche secondo ad abituarsi al cambiamento della luce che qui sotto filtra appena dalle finestrelle basse, protette da inferriate. Il corridoio è deserto, i miei passi riecheggiano sinistri nel silenzio, rotto soltanto dal gorgoglio dell'acqua nelle tubature. Questo posto mi mette i brividi, non so se per il freddo o per le leggende che si raccontano, soprattutto riguardo a un certo bidello, che gli studenti hanno soprannominato «Voldemort». Decido di tornare indietro quando, all'improvviso, intercetto un rumore non meglio identificato proveniente dai bagni delle femmine. Tornare indietro a questo punto sarebbe da codardi, quindi mi costringo ad avviarmi cautamente verso la fonte del rumore, il quale, man mano che mi avvicino, si connota sempre piú come uno strofinio convulso, persino rabbioso.

Quando raggiungo i bagni, tutto diventa chiaro.

Sulle mattonelle bianche delle pareti, un ignoto graffitaro ha disegnato con una bomboletta spray di vernice nera un enorme pene eretto, che svetta orgoglioso e altero tra gli specchi sopra i lavandini.

Nel tentativo di cancellare il graffito, una mano guantata in lattice stringe uno straccio imbevuto di solvente, accanendosi invano su questa opera artistica d'avanguardia.

La mano appartiene a Voldemort.

Deglutisco. – Mi scusi...

Voldemort si gira verso di me, fissandomi con gli occhi che schizzano odio.

– Avrei bisogno di uno spazzolone... Può prestarmi uno spazzolone, per... per favore?

Non risponde con parole umane: emette soltanto un ringhio gutturale.

L'istinto mi suggerisce di fuggire, e pazienza se è da codardi.

CAPITOLO QUARTO

Quando andavo alle medie avevo due amiche del cuore, Valeria e Kristal, e la nostra amicizia era la cosa piú importante della mia vita.

Per me, Valeria e Kristal erano piú importanti dello studio, dello sport, dei ragazzi e, in certi momenti, persino della mia famiglia, perché avevo l'impressione che soltanto loro potessero capirmi davvero.

Eravamo inseparabili, noi tre, sempre unite, sempre insieme, e con loro qualsiasi cosa facessi diventava divertente.

Alle mie amiche del cuore potevo chiedere aiuto, rassicurazioni, consigli, senza la paura di sembrare ridicola o sbagliata.

Alle mie amiche del cuore potevo confidare i miei segreti con la certezza che non li avrebbero raccontati a nessuno e che non mi avrebbero giudicata. Con loro potevo condividere gioie e dolori e parlare di tutto, anche delle cose piú imbarazzanti e sconvolgenti. Come il sesso, per esempio.

Un pomeriggio, verso la fine della terza media, avevamo fatto un patto.

L'idea era stata mia, perché sono io quella che colleziona orecchini.

Ne avevo comprati tre uguali, tre anellini rosa, semplici; ne avevo regalato uno a Kristal e uno a Valeria, li avevamo indossati e ci eravamo giurate che ce li saremmo tolti soltanto quando avessimo fatto l'amore per la prima volta.

Quello sarebbe stato il segnale, un segnale che avremmo potuto capire solo noi, e l'orecchino rosa sarebbe stato il simbolo del nostro segreto piú profondo.

Con l'inizio delle scuole superiori, le cose erano destinate a cambiare: Kristal e Valeria avevano scelto il liceo scientifico, mentre io avevo deciso per l'artistico. Vederle di meno è stato inevitabile, ma per qualche tempo abbiamo comunque continuato a incontrarci. Valeria è stata la prima a perdere la verginità e a raccontarci orgogliosa la sua esperienza con un ragazzo piú grande; da quel momento, ha iniziato a uscire sempre piú spesso con la compagnia di lui, mettendoci da parte e atteggiandosi a persona adulta, una posa che mi ha irritata e che ha causato la rottura tra noi due. Kristal l'ha frequentata ancora per un paio di mesi, incapace di accettare la fine della loro amicizia, finché si è dovuta rassegnare anche lei all'evidenza: Valeria non era piú la ragazza che avevamo conosciuto.

Ed è stato proprio in quel periodo di litigi e cambiamenti e confusione che, un giorno, è sparito anche l'orecchino rosa di Kristal.

Quel giorno l'ho abbracciata forte, per farle sentire quanto le ero vicina.

CAPITOLO QUINTO

– Ti posso aiutare?

La commessa è comparsa a tradimento alle mie spalle. Mi osserva curiosa. Devono essere pochi i ragazzi che entrano qui. Sembra simpatica. Avrà un paio d'anni in piú di me.

Non so cosa rispondere. Non so nemmeno perché sono entrato. Ero solo curioso. O forse non ero solo curioso.
– Davo un'occhiata...

– Sono per la tua ragazza?

Magari, vorrei risponderle. Magari fossero per la mia ragazza. Se Viola fosse la mia ragazza, le comprerei tutti gli orecchini del negozio.

– Per... un'amica.

Deve aver colto l'imbarazzo nella mia voce, perché mi sorride incoraggiante. – Se vuoi, ti aiuto a scegliere.

Mi ha preso di nuovo a tradimento. – Be'... ma sí... va bene, grazie.

– Okay, allora ti faccio vedere un paio di orecchini che sono arrivati proprio oggi, non ho ancora avuto il tempo di esporli, – mi dice, andando a prendere una scatola ancora imballata da dietro il bancone. La apre con un taglierino, liberandola dallo scotch, e mi mostra degli orecchini di metallo, dorati, rotondi, tempestati di strass e grandi quanto un piattino da caffè.

– Che ne pensi?

Provo a immaginarli addosso a Viola. – No... questi non vanno bene per lei, – le rispondo. – Sono troppo appariscenti. Lei è una ragazza semplice, non le piace farsi notare. Però, non è neanche troppo semplice...

La commessa si ferma un attimo a pensare. – Che tipo è? Piú sensuale e aggressiva della serie «ti ipnotizzo con il mio sguardo magnetico», o piú sul genere «dolce principessa romantica»?

Non ho dubbi. – Direi che è piú... dolce...

– Allora forse abbiamo qualcosa in vetrina che potrebbe andare bene. Vado a prenderli, arrivo subito.

Nell'attesa mi guardo intorno, osservando la straordinaria quantità di cose inutili che sono indispensabili per le ragazze. Mi chiedo: ma sarà proprio necessario possedere un paio di paraorecchie in pelo fucsia e pure leopardato? Per non parlare delle borse: perché una ragazza pretende di possederne almeno ventiquattro? Una non basta? In questo negozio ce ne sono a decine, tutte diverse e tutte sprizzanti colori accesi, come ogni altro oggetto esposto: cappelli, foulard, sciarpe, occhiali da sole, borsellini, prodotti cosmetici, bigiotteria, accessori per capelli... Persino i completini intimi abbagliano. Ma quelli è meglio che non li guardi troppo, altrimenti mi vengono idee strane.

– Eccoli! – La commessa è tornata con un paio di orecchini in plastica. Hanno la forma di una gattina con un fiocchetto rosso sull'orecchio sinistro, la stessa gattina che c'era sugli album da colorare quando andavo all'asilo.

– Questi vanno molto di moda. Ce li hanno tutte. Anche Paris Hilton porta gli accessori di Hello Kitty!

Il paragone tra Paris Hilton e Viola mi suona come un oltraggio.

– No, non vanno bene neanche questi. La mia... amica non segue le mode, lei ha uno stile che è solo suo.

– Capisco, – sospira la commessa. – Sembra una tipa speciale, questa tua amica. Che colore le piace? Lo sai?

– Credo di sí: il verde... Lo porta spesso.

– Bene. Ti faccio vedere qualcosa di verde, – mi propone, scegliendo tra la collezione in bella vista su un espositore a parete. – Con gli anellini non sbagli: semplici, classici, stanno bene con tutto e non passano mai di moda.

– Ce li ha già.

– Vedi che avevo ragione? Sei un cliente difficile, sto per arrendermi! Ma proviamo ancora con questi...

Li esamino con attenzione: sono dei pendenti, due catenine d'argento a maglie larghe che terminano con una perla di un verde brillante, profondo, che emana luce. Sono leggeri, semplici però non troppo, particolari ma non vistosi, in giro non ne ho mai visti di simili e si intonano alla perfezione con la sciarpa di Viola.

– Me lo fai un pacchetto, per favore?

La commessa solleva il pollice.

A Viola piaceranno. Sono di un bellissimo colore.

Il colore dei suoi occhi.

CAPITOLO SESTO

La moto corre veloce sull'asfalto scivoloso di pioggia. Goccioline invadenti e fastidiose si insinuano nella visiera del mio casco e dentro il collo del piumino, procurandomi brividi di freddo intenso. Il vento gelido di gennaio mi graffia il viso con i suoi mille aghi appuntiti. Mi stringo piú forte a Filippo, infilo le mani nelle tasche del suo giubbotto di pelle, cercando un po' di calore.

Attraversiamo un incrocio con il semaforo giallo quando sarebbe già troppo tardi, schiviamo per un pelo una macchina che sbuca da destra allo scattare del verde, la moto fa uno scarto, poi riprende la sua corsa; Filippo accelera con sicurezza eccessiva, cambia marcia, la velocità aumenta ancora...

– Stai andando troppo forte, – provo a gridare, cercando di sovrastare il rombo del motore.

– Hai paura? – ribatte lui, quasi divertito.

– Un po'...

– Fidati, Viola, so quello che faccio.

Le luci dei lampioni mi sfilano accanto, fondendosi in un'unica striscia luminosa che si riflette sullo specchio nero della strada bagnata.

– Non puoi andare piú piano? Non abbiamo fretta...

Ma Filippo sembra non sentirmi; continua a dare gas alla moto che si piega pericolosamente in curva. Allora mi stringo ancora piú forte a lui e chiudo gli occhi, per non vedere la paura.

Parcheggiamo la moto nel garage di suo fratello. Ci chiudiamo dentro.

Filippo si sfila il giubbotto, appoggiandolo sulla sella. – Che fai lí impalata? Non ti togli la giacca?

– Ho ancora freddo.

Si avvicina a me, sorride, mi passa il dito indice sotto il mento. – Se è solo per il freddo, ci penso io a riscaldarti...

– Magari dopo... dopo me la tolgo.

– Vieni, andiamo di sopra, ci sono le coperte.

Mi prende per mano, guidandomi su per una scaletta che porta a un soppalco di legno. La scala traballa sotto i miei piedi; con la mano libera mi aggrappo al corrimano, stando attenta a non fare un passo falso. Filippo mi aiuta a superare l'ultimo scalino; sul soppalco non si riesce a stare in piedi, il soffitto è troppo basso.

– Aspetta, accendo una candela, cosí è piú romantico –. Fruga nella tasca dei pantaloni per recuperare l'accendino; non appena lo stoppino prende fuoco, un chiarore tremolante rischiara lo spazio intorno a noi: è appena sufficiente per stare stesi in due, come in un letto matrimoniale, o poco piú. Sulle travi di legno è stesa una coperta di lana ruvida; ci sono anche due cuscini: mi domando chi ci ha appoggiato la testa prima di noi.

– È carino qui, vero? – mi chiede Filippo.

C'è puzza di chiuso, benzina e muffa, e il soffitto cosí basso mi dà una sensazione di soffocamento.

– Sí, non... è male.

– Il soppalco è stata un'idea di mio fratello, ci veniva con la sua ragazza, sai per... Adesso lei è andata a vivere da sola, quindi a loro non serve piú –. Si muove sulle ginocchia per prendere un'altra candela, l'accende, si volta verso di me. – Ma non ti togli il giubbotto?

Me lo tolgo, anche se ho ancora freddo. – E se arriva tuo fratello per posteggiare la macchina e ci trova qui?

– Non arriva. Prima gli ho mandato un messaggio, stanotte dorme dalla tipa, stai tranquilla –. Mi abbraccia. – Adesso, però, me lo dai un bacio?

Senza aspettare la risposta preme le labbra sulle mie, una mano che mi tiene il mento e l'altra che mi spinge per farmi distendere. Si sdraia, continua a baciarmi, mentre io continuo a tremare. Infila le dita sotto la maglia, la tira su scoprendomi la pancia, baciandomi l'ombelico. – Perché non ti togli anche questa?

– No... fa freddo...

Si struscia sopra di me, sento il pene duro premere forte contro l'osso del mio bacino. Il suo respiro diventa pesante. – Come fai ad avere freddo? Io sento il fuoco dentro –. Le mani frugano, si impossessano del mio seno, lo palpano.

Le fermo. – Aspetta... Io non...

– Lo so che non l'hai mai fatto, ma c'è sempre una prima volta, no?

– È che... non so se mi sento pronta...

– Non ti fidi di me?

– Forse è questo posto... non mi sento a mio agio...

– Rilassati, sei troppo tesa. Lasciati guidare...

Si toglie la maglia, poi si stende accanto a me, prendendomi la mano; se la passa sul torace, la fa scivolare sui pettorali e poi piú giú, sotto la vita, mentre si slaccia la cintura e si sbottona i pantaloni.

– Accarezzami, non avere paura... – Tira fuori il pene dalle mutande e me lo infila in mano. Il contatto con il suo sesso duro mi fa venire la pelle d'oca; mi ritraggo di scatto, mettendomi a sedere.

Filippo mi guarda sorpreso. – Cosa c'è che non va? – Me lo dice con una sfumatura di rimprovero nella voce che suona come un'accusa.

Non riesco a rispondere. Mi sta venendo voglia di piangere.

Si tira su anche lui. – Okay, ho capito... – Si rimette la maglia, recupera una sigaretta, l'accende dalla fiamma della candela. Aspira lunghe boccate nervose, fissando la parete davanti a lui.

Provo ad avvicinarmi. – Sei arrabbiato con me?

– No, Viola. Non sono arrabbiato con te.

– E allora perché non mi parli?

– Cosa dovrei dirti?

– Per esempio cosa provi per me. Non esprimi mai i tuoi sentimenti.

– Voi ragazze, certe volte siete proprio paranoiche. Se adesso sono qui, con te, vorrà pure dire qualcosa, no? O devo per forza pronunciare quelle due paroline mielose che vi fanno sciogliere come neve al sole? – Tira l'ultima boccata e spegne la sigaretta, schiacciando il mozzicone nel piattino della candela. – «Ti amo» lo dice troppa gente. A me piace essere un po' piú originale.

– Però fa bene sentirselo dire...

– E io ti piaccio? – mi chiede.

– Certo... Che domande fai?

– Be', a giudicare da come ti sei comportata stasera, non si direbbe. Comunque, se non ti piaccio, puoi dirmelo sinceramente. Almeno mi trovo un'altra ragazza. Anche perché è un bel po' di tempo che andiamo avanti a bacetti, e non abbiamo piú undici anni.

Lascia cadere le parole nel silenzio, riallacciandosi la cintura dei pantaloni. – Andiamo, comincio ad avere freddo anch'io.

Spegne le candele con due soffi decisi. L'aria è pregna di fumo irrespirabile.

Rientro a casa con dieci minuti di ritardo. Mio padre, come tutte le domeniche della sua vita a quest'ora, sta guardando una trasmissione sul calcio, mentre mia madre si alza dal divano dove si era assopita per venirmi incontro. Sperando che non mi sgridi per il ritardo, la bacio su una guancia. – Ciao, mamma. Sei ancora sveglia?

Si lascia baciare. Per una frazione di secondo, il suo sguardo si posa significativamente sull'orologio a muro. – Lo sai che non riesco a dormire se non sei a casa.

Mi tolgo il piumino. Me lo prende dalle mani per riporlo sull'attaccapanni. – Levati gli stivali, che fai le righe per terra.

Mentre mi sfilo gli stivali, sento il peso dei suoi occhi su di me. – Sta ancora piovendo?

Le rispondo fissando il pavimento lucido di cera. – Pioviggina...

– Non so come fai ad avere voglia di uscire con questo tempo.

Mi scruta il viso e ho paura che possa capire dove sono stata e cosa ho fatto soltanto guardandomi in faccia.

CAPITOLO SETTIMO

Le avevo scritto anche il bigliettino. Due ore di fatica per mettere insieme quattro righe che non dicono niente. Peggio di un tema di italiano su Leopardi. Almeno, per quello, si può sempre scopiazzare qualche frase fatta da Internet. Ma per Viola non volevo frasi fatte: volevo scriverle qualcosa di vero, non le solite rime sdolcinate da Bacio Perugina. Eppure non ci sono riuscito, sono rimasto lí a spremermi le meningi con il cuore pieno, la mente vuota e la mano immobile, privo di parole, fissando invano quel quadratino di carta talmente bianco da abbagliarmi la vista.

Non è per niente facile esprimere i propri sentimenti. Scoprirsi. Spogliarsi. È come per il sesso, quando ti vergogni a farti vedere nudo davanti all'altra persona, perché senza i vestiti si vedono tutti i tuoi maledetti difetti, e allora sei costretto a mostrarti come sei veramente e hai paura di non piacere, o peggio di sembrare ridicolo. Quando devi confessare a qualcuno i sentimenti che provi, la paura è la stessa. È la paura di mettersi a nudo e poi di essere respinti, magari derisi. Però se non ci provi, non puoi sapere come andrà. E allora è solo il coraggio che ti manca, e non sai dove prenderlo, il coraggio, e forse è per questo che non ho neanche firmato il mio biglietto.

Oggi gliel'ho infilato nello zaino, insieme agli orecchini, durante l'intervallo, di nascosto, come un ladro, li ho messi nella tasca esterna, quella dove tiene il cellulare. Non lo so nemmeno io cosa mi aspettassi esattamente, visto che è evidente che non le interesso. Però glieli volevo regalare lo stesso, gli orecchini, anche solo per vederle addosso qualcosa che le avevo regalato io. Me lo sono ripetuto tante volte che non mi dovevo illudere.

Eppure, all'uscita da scuola, quando l'ho vista insieme a quel ragazzo che è venuto a prenderla, mi è crollato il mondo addosso.

Avrei dovuto immaginarlo che era fidanzata.

Una come lei non si metterà mai con uno come me.

L'ho vista salire sulla moto dietro a quel ragazzo con l'aria da padrone, il suo ragazzo, e mi sono sentito uno stupido. Io, e il mio stupido bigliettino, e i miei stupidi orecchini.

CAPITOLO OTTAVO

È la prima volta che Filippo viene a prendermi all'uscita da scuola: per me è davvero una sorpresa, anche perché non si faceva sentire da tre giorni, da quando abbiamo avuto la discussione nel garage di suo fratello e ormai iniziavo a temere che tra noi fosse finita cosí.

Mi sta aspettando davanti alla sua moto, le braccia conserte, lo sguardo sicuro di chi sa come prendersi quello che vuole e un sorriso irresistibile sulle labbra. Nel passargli accanto, un paio di ragazze si voltano a guardarlo ingolosite, dandosi di gomito. Una fitta di gelosia mi trapassa lo stomaco. Gli vado incontro con il cuore che si diverte a fare le capriole, mentre io cerco di darmi un tono, determinata a non cedere.

Tento di dare alle mie parole un'intonazione ironica. Ma è già tanto se non balbetto.

– Come mai da queste parti?

– Non mi dai neanche un bacio?

– Sei proprio sicuro di meritarlo?

– L'unica cosa di cui sono sicuro è che mi sei mancata.

Ecco, con due battute è già riuscito a polverizzare almeno metà della mia ferrea determinazione.

– Viola, mi dispiace per l'altra sera. Forse sono stato un po' brusco...

– Forse?!

– Ti chiedo scusa.

Della mia ferrea determinazione è rimasto solo qualche grammo che temo voli via al minimo soffio.

Filippo soffia. – Dài, andiamo a farci un giro...

Resisto. – Ho già preso un impegno, devo andare a casa di Kristal.

Riprova. – Posso almeno accompagnarti?

Mi passa il casco in segno di pace. Come faccio a dirgli di no?

Salgo sulla moto pensando che forse mi sono arresa troppo facilmente. Filippo accende il motore, dà gas, ingrana la marcia, la moto parte rombando; intravedo con la coda dell'occhio le due ragazze di prima che mi guardano invidiose, e la mia gelosia si mescola a un fremito d'orgoglio.

Quando arriviamo sotto casa di Kristal, ho le mani e i piedi intorpiditi dal freddo, faccio fatica a muovere le dita, non riesco nemmeno a togliermi il casco. Durante la corsa ho riordinato le idee. L'aria gelida ha rinfrescato la mia iniziale determinazione. Smonto dalla sella, cercando di non scivolare sullo strato di ghiaccio che ricopre l'asfalto; gli restituisco il casco, lui se lo riprende lasciando a me il problema di cosa dire.

– Grazie per il passaggio, ci sentiamo, – butto lí in fretta, per non darmi il tempo di aggiungere altro. Gli volto le spalle, ma lui mi ferma prendendomi per la mano. – Sei libera sabato sera?

Prima di rispondere conto fino a tre. – Forse.

– Passo a prenderti?

– Non lo so, ci devo pensare.

– A che ora?

Mi svincolo dalla sua presa. – Lo sai che sei arrogante? –

Mi incammino verso il portone di Kristal, in equilibrio precario sulla lastra di ghiaccio. Lui mi grida dietro:

– Va bene se passo alle nove?

Non mi giro, non gli rispondo, non lo saluto nemmeno. E invece vorrei voltarmi, dirgli di sí e farmi abbracciare.

Citofono alla mia amica, la sua voce squillante mi invita a salire; entro, oltrepassando il portone che si richiude alle mie spalle con un clangore metallico.

Salgo le scale a piedi per smaltire la tensione; Kristal abita all'ultimo piano del palazzo, in un attico che ha un terrazzo magnifico affacciato sul panorama della città; la porta è socchiusa, la spingo. – È permesso?

– Vieni, sono in camera, mi sto vestendo!

Attraverso la casa deserta e la raggiungo.

– Come sto? – mi chiede, spalancando le braccia.

Sta arrampicata su un paio di zeppe alte dieci centimetri, con le gambe cicciottelle che sbucano da una minigonna ascellare e il seno quarta misura che straborda da un top taglia XS.

– Come ti sei conciata?!

– Non ti ricordi? Oggi dobbiamo fare il servizio fotografico per Netlog!

– Ah già, il servizio fotografico per Netlog! – ribatto io, roteando gli occhi.

– Ce l'hai la macchina, vero? – mi chiede, preoccupatissima.

– Ce l'ho sempre, – rispondo, tirandola fuori dallo zaino.

– Che fortuna avere un'amica appassionata di fotografia! Grazie a te farò un figurone! Mica come quelle tamarre che si fanno le foto nello specchio del bagno. Che ragazze prive di stile!

Sul concetto di stile si potrebbe discutere a lungo, ma Kristal ne ha uno tutto suo.

Chiudo lo zaino, posandolo in un angolo della stanza. – Sei già iscritta a Facebook, non ti basta?

– Non è la stessa cosa!

– Perché?

Kristal scuote la testa, assumendo il tono della maestra. – Su Netlog si conoscono molti piú ragazzi che su Facebook. Netlog è pieno di ragazzi, è strapieno di ragazzi fichissimi per tutti i gusti!

– E pensi di conquistarli vestita cosí?

Mi fissa scandalizzata. – Non solo cosí! Dopo mi cambio, è ovvio. Altrimenti penseranno che non ho nient'altro nell'armadio.

La conosco troppo bene per tentare di farle cambiare idea. Kristal non cambia mai idea, specialmente quando è presa dall'entusiasmo. Come in questo momento. – In che posa mi devo mettere?

Ma prima che io possa rispondere, sta già sporgendo le labbra a cuoricino, le mani sui fianchi, la schiena piegata in avanti e il seno esplosivo che balza di prepotenza in primo piano.

La inquadro nell'obiettivo. – Se ti metti in questo modo, i ragazzi non apprezzeranno di certo i tuoi occhi!

– Ma i ragazzi non guardano gli occhi! A loro interessa quello che c'è dentro la scollatura. L'ho letto su un sondaggio di *Top Girl*.

– Se lo dice *Top Girl*, allora io non dico piú niente.

Comincio a scattare: Kristal inclina graziosamente il viso, sorride maliziosa, gioca con una ciocca di capelli, inarca la schiena come una gattina, stringe con affetto l'orsacchiotto, morde la collana di perle finte, succhia un lecca-

lecca, strizza occhiolini, improvvisa smorfie, lancia occhiate languide, manda baci... Mi convince pure a scattarle una foto mentre gonfia un pallone di chewing-gum piú grande di una mongolfiera. Si è cambiata almeno nove volte. Ha voluto indossare persino il pigiama (con tanti piccoli gufi colorati).

Alla fine sono stravolta.

Lei, invece, si è divertita da pazzi. – Se avessi dieci chili in meno e dieci centimetri in piú, potrei fare la modella! – Mi schiocca un bacio pieno di rossetto. – Grazie!

Mi pulisco il rosa appiccicoso dalla guancia con il dorso della mano. – Di niente. Scarico le foto sul tuo PC?

– Sí, cosí le guardiamo subito!

Per raggiungere la sua scrivania, sono costretta a scavalcare vestiti e scarpe disseminati ovunque. Sembra che sia scoppiata una bomba in questa stanza. Mentre sono impegnata al computer, squilla il mio cellulare.

– Kristal, mi prendi il telefono, per piacere?

– Dov'è?

– Dentro lo zaino, nella tasca esterna.

Me lo passa: è mia madre che mi ordina di rientrare a casa. Nel frattempo, ho terminato le operazioni di trasferimento; scollego il cavo della macchina fotografica. – Devo andare, le foto le guardiamo domani.

– E questo cos'è? – mi chiede lei.

Sollevo lo sguardo. Mi fa penzolare davanti agli occhi un pacchetto avvolto in una carta da regalo a cuoricini rossi.

– Non ne ho idea...

– L'ho trovato nel tuo zaino. Sul bigliettino c'è scritto «Per Viola»... I tuoi ammiratori segreti ti fanno i regali e non mi racconti niente?

Glielo strappo dalle mani. – Fammi vedere.

Apro la busta, tirando fuori il biglietto. Kristal sembra piú eccitata di me. – Leggi, leggi!

Leggo ad alta voce:

Cara Viola,

ho provato a scriverti questo biglietto almeno cinque volte, però è difficile esprimere i sentimenti, soprattutto quando una persona ti piace davvero. Questi orecchini li ho scelti per te. È solo un pensiero, ma è un pensiero sincero.

Apro il pacchetto con le mani che tremano per l'emozione: dentro ci sono degli orecchini pendenti, due catenine d'argento con una perla verde; sono bellissimi, io stessa non avrei potuto sceglierne un paio piú bello.

– È un regalo di Filippo, – mormoro con le lacrime agli occhi. – Oggi è venuto a prendermi a scuola, deve averlo infilato di nascosto nello zaino, forse quando mi ha aiutata a caricarlo sulle spalle per salire sulla moto. È stato abilissimo, non me ne sono assolutamente accorta...

– Vedi? Il tuo ragazzo è un mago! E tu che ti lamenti in continuazione che non ti dice mai niente di carino di qua, che non esprime mai i suoi sentimenti di là... Fa il duro, ma in fondo è solo timido. Che ci vuoi fare? I ragazzi sono cosí: duri fuori e morbidi dentro. Come i cioccolatini ripieni.

Mi provo gli orecchini davanti allo specchio, ancora incredula.

Kristal approva. – Sembrano fatti apposta per te... Che dolce, Filippo! Ha persino azzeccato il tuo colore preferito!

CAPITOLO NONO

Attraverso la città in sella allo scooter come un automa: un pilota automatico sta guidando al posto mio; io invece sono altrove, in un luogo pieno di tristezza che mi si attacca addosso, un luogo buio e senza speranza. Perché è proprio questa che ho appena perso: la speranza.

Un automobilista mi strombazza dietro, inveisce arrabbiato, forse ho dimenticato di mettere la freccia. Ho lo sguardo appannato da un velo di lacrime, non so se per il freddo o per lo sconforto, e se non arrivo presto a casa rischio di finire sotto un camion. Posso quasi vederla, Viola al mio funerale che si dispera, rimpiangendo di non avermi amato quando ero ancora vivo, come Laura sulla tomba del Petrarca.

Meno male che nei momenti di tristezza si può sempre andare da un amico per trovare un po' di comprensione.

Il mio migliore amico si chiama Vito, abita nel mio stesso palazzo, al piano di sotto; siamo coetanei e ci conosciamo da quando avevamo sei anni.

Mi ricordo ancora la prima volta che l'ho visto. Se ne stava in un angolo del cortile a giocare da solo, incollato al Game Boy con il videogioco dei Pokémon, lontano dagli altri bambini che spesso si divertivano a prenderlo in giro: Vito era mingherlino, quasi muto, e con una massa prodigiosa di capelli crespi che lo faceva sembrare ancora piú magro; lo chiamavano Spolverino.

Anch'io in quel periodo mi sentivo molto solo: i miei genitori avevano appena divorziato, mi ero trasferito da poco nel palazzo insieme a mia madre e non conoscevo nessuno. Cosí, le nostre solitudini si sono incontrate.

Anche se non abbiamo lo stesso sangue che scorre nelle vene, per me Vito è come un fratello, il fratello che non ho e che avrei voluto avere.

Lo trovo al computer che chatta su Netlog con quattro ragazze contemporaneamente. Vito ha un discreto successo virtuale con le ragazze. Solo virtuale, però. Sul profilo di Netlog ha pubblicato una serie di foto in cui sembra quasi carino: è bastato coprire i capelli con un cappellino e colorare gli occhi di azzurro con Photoshop. Peccato che quando le povere illuse lo incontrano di persona rimangono un poco deluse. Ma lui spera che prima o poi a qualcuna piacerà anche il Vito in carne e ossa, capellone e con gli occhi marroni.

– Come va? – mi chiede, continuando a chattare freneticamente. – L'hai vista Viola, oggi?

– Sí, certo. L'ho vista. Con il ragazzo.

Indifferente alla gravità della notizia, il mio amico continua a muovere le dita sulla tastiera come se avesse cinque mani. – Questa ci sta, me lo sento... Stasera è la volta buona che il mio uccello spicca il volo!

– È venuto a prenderla un tipo con la moto...

– ... ha detto che mi fa vedere il tatuaggio che ha sulla chiappa sinistra...

– ... un tipo fighetto, di quelli che portano gli stivali in vera pelle di pitone...

– ... dice che si è tatuata una farfallina...

– ... e che fumano solo le Lucky Strike Silver. Uno con l'aria da vincente, la cui unica preoccupazione deve essere come pettinarsi il ciuffo la mattina. Oh, Vito! Mi stai ascoltando?!

Finalmente il mio amico mi degna della sua attenzione. – Scusami, ma ero in un momento decisivo. È fatta! La vedo stasera. Ha detto che mi fa vedere anche quello che c'è sotto il perizoma con le fragoline...

Scuoto la testa. – Sei sicuro che non è uno scherzo? Netlog è pieno di fake che si divertono a prendere in giro quelli come te.

– Non è uno scherzo! Guarda, ha pubblicato un sacco di foto –. Le fissa con gli occhi fuori dalle orbite. – Che gnocca! Ha un culo che dice piú di mille parole. Mi commuove, persino!

Mi mostra le foto della sua spasimante facendole scorrere sullo schermo. Sono simili a quelle di tante altre ragazze che hanno un profilo su Netlog: hanno tutte il trucco pesante, la minigonna o un paio di pantaloncini, il top scollato che non lascia nulla all'immaginazione (alcune anche solo il reggiseno), gli occhialoni da sole e le labbra protese a cuoricino. Sono tutte uguali.

– E come si chiama questo schianto di ragazza? – gli chiedo.

L'espressione di Vito si illumina d'immenso. – Tieniti forte... – Prima di svelarmi il nick fa una pausa teatrale e poi lo spara come se mi stesse svelando una formula magica. – Patatina Bollente!

– Non ci credo!

– Credici! – Ammicca complice, mollandomi una gomitata nelle costole. – Lo sai cos'è la patatina, no?!

– Un ortaggio?

CAPITOLO DECIMO

Mentre mi preparo per uscire mi osservo davanti allo specchio pensando a quante cose vorrei cambiare del mio corpo.

Mi piacerebbe avere una matita magica per fare qualche modifica qua e là, con la stessa facilità con cui un fotografo ritocca un'immagine: ridisegnare i contorni, cambiare i colori, riempire le forme, cancellare le imperfezioni... Sono piuttosto brava in disegno, credo che potrei fare un buon lavoro seguendo l'estro della mia fantasia.

Inizierei dai capelli: li odio, sono anonimi, spenti, né lisci né ricci, e troppo sottili, mentre io li vorrei lucidi e lisci come spaghetti. Poi cambierei il colore della pelle: la mia è chiarissima e cosí delicata che non posso neanche prendere il sole; ci ho provato qualche volta ma, invece di abbronzarmi, sono diventata dello stesso colore del nome che porto. Vorrei anche essere piú alta, mettere su qualche chilo e avere una taglia in piú di reggiseno.

Però la matita magica non esiste, e allora cerco di accettarmi cosí come mi ha disegnata madre natura, difetti compresi, anche se non è per niente facile, dato che viviamo in un mondo dove il modello della bellezza perfetta sembra essere l'unico vincente.

Di solito non mi trucco molto, metto solo un tocco di fard sugli zigomi e un velo di lucidalabbra; il mascara lo uso soltanto nelle occasioni particolari. Come stasera.

Gli occhi sono la parte del mio corpo che amo di piú: non li cambierei nemmeno con la matita magica, non mi sentirei piú io se fossero diversi; forse perché gli occhi sono lo specchio dell'anima. I miei sono grandi, verdi, un po' a mandorla e con le ciglia lunghe; ne vado orgogliosa, anche se la mia amica Kristal sostiene che i ragazzi sono molto piú interessati ad altre parti del corpo femminile. Meno male che qualcuno ha inventato il reggiseno imbottito; certo, prima o poi il momento della verità arriva per tutte quando bisogna toglierlo... ed è un pensiero talmente imbarazzante che basta da solo a farmi temere la prima volta che farò l'amore.

Devo essere fuori di casa tra venti minuti; Filippo mi aspetta al solito posto, ci incontriamo a due isolati da qui perché mia madre non vuole che vada in moto, dice che è pericoloso.

Scelgo gli abiti: decido per un paio di pantaloni eleganti di raso nero e un maglioncino a maniche corte, verde, con una fila di piccoli bottoni in madreperla. Avrei voluto indossare una gonna per un sabato sera speciale come questo, ma per andare in moto è scomoda, e fa ancora troppo freddo.

Passo la piastra sui capelli e mi metto qualche goccia di profumo dietro le orecchie e sui polsi. Per ultimi, indosso gli orecchini che mi ha regalato lui.

Sono pronta.

Mi guardo un'ultima volta allo specchio e ci vedo una ragazza come tante che però sono io.

La cena è stata perfetta. Filippo ha pensato a ogni dettaglio: c'erano le candele sparse un po' ovunque nel salone, sul tavolo la tovaglia bianca e un vaso con un mazzolino di fiori, e in sottofondo la musica lenta. Il cibo era ottimo, anche se l'ha comprato in rosticceria; non ho mangiato molto, avevo lo stomaco chiuso per l'emozione, ho assaggiato le lasagne, il pollo arrosto l'ho toccato appena, e il gelato proprio non ci stava.

Dopo aver cenato, ci spostiamo sul divano; lui fuma una sigaretta e beve un Martini con ghiaccio. Ho aspettato fino adesso per affrontare l'argomento. – Ti volevo ringraziare per la sorpresa che mi hai fatto l'altro giorno...

Per un attimo Filippo sembra non capire, ma poi mi risponde: – Figurati, sono solo venuto a prenderti a scuola...

– Non mi riferisco soltanto a quello. Intendevo per gli orecchini e per il biglietto... Sei stato molto carino, io non me l'aspettavo...

Filippo mi fissa imbarazzato, senza parole. Forse ha ragione Kristal, i ragazzi non sono molto bravi a parlare ad alta voce dei loro sentimenti. E mi dispiace averlo messo di nuovo a disagio.

Lui prova a dire qualcosa: – Ma io...

Lo tolgo dall'imbarazzo con un bacio, un bacio in cui c'è tutta la mia passione. – Okay, va bene cosí, non devi dirmi niente... – gli sussurro e lui risponde alla mia passione con la sua. Poi mi prende per mano, guidandomi dolcemente verso la camera da letto. Continuiamo a baciarci mentre camminiamo, facciamo qualche passo e ci baciamo ancora contro il muro, senza mai perdere il contatto delle nostre bocche. Raggiungiamo la sua stanza, lui mi spinge verso il letto e so cosa sta per succedere mentre inizia a sbottonarmi la maglia. Non ho scuse questa volta, i suoi genitori sono andati via per il week-end e non c'è il rischio che tornino, l'atmosfera è perfetta, il letto comodo... Allora perché non riesco a rilassarmi? Le sue mani corrono lungo il mio corpo, voraci, veloci, piú veloci dei miei pensieri che si confondono con le emozioni, non riesco quasi a respirare, ho bisogno di una scusa per fermarmi, per pensare anche solo un minuto. – Devo andare in bagno...

Filippo si blocca con un sospiro nervoso che gli esce dal naso. – Proprio adesso?

– Ci metto un attimo, arrivo subito... – cerco di giustificarmi.

E sono di nuovo davanti allo specchio a guardarmi negli occhi per riuscire a capire se è davvero quello che voglio. È questo il momento giusto? Ma se lo è, perché me lo chiedo? E se gli dico ancora una volta di no, mi lascerà per un'altra ragazza piú disponibile?

Le mie dita vanno a posarsi sull'orecchino rosa, lo sfiorano: sarà questa la sera in cui lo toglierò? Forse devo solo rilassarmi, lasciarmi andare, seguire il sentiero delle emozioni e sarà tutto perfetto, cosí come l'ho immaginato mille volte nei miei sogni piú segreti.

Quando ritorno in camera da lui, ho deciso.

CAPITOLO UNDICESIMO

Il sabato sera la Birreria dello Studente è sempre affollata e, arrivando troppo tardi, si rischia di non trovare posto a sedere. Il sabato escono tutti, si deve uscire, lo impone l'undicesimo comandamento: non stare a casa il sabato sera, altrimenti verrai considerato uno sfigato all'ultimo stadio.

Io e Vito arriviamo verso le nove; chiedo se è possibile sedersi al piano di sopra dove la musica non è troppo alta e almeno si riesce a scambiare qualche parola. Il locale è piuttosto rustico, arredato con lunghi tavolacci in legno disposti in file parallele; le persone si siedono vicino anche se non si conoscono, cosí rimorchiare le ragazze diventa piú facile, motivo per cui a Vito piace molto questo posto. Per il momento non c'è ancora il pienone, la massa arriverà piú tardi, dopo le dieci.

La cameriera appare quasi subito e, quando sollevo gli occhi per ordinare, riconosco la mia compagna del corso di scultura, Francesca Ferrandi. Nel vedermi, anche lei cambia per un attimo espressione ma si riprende subito, lanciandomi un «come va» senza molto brio. Sono tentato di chiederle come mai lavora qui e da quanto tempo, ma non vorrei sembrarle troppo indiscreto.

Prendiamo due chiare medie e due porzioni di patatine fritte: Francesca annota tutto sul suo palmare, poi schizza a prendere altre ordinazioni.

– La conosci? – mi chiede Vito.

– Sí, ci incrociamo a un corso di scultura il martedí, però non siamo nella stessa classe, lei è nella sezione di Viola.

– Bella tipa! Secondo te, è una che ci sta?

Da quando ha smesso di giocare con i Pokémon, Vito ha un chiodo fisso conficcato al centro del cervello.

– Vito, non lo so, la conosco poco, è una che si fa gli affari suoi. Ma possibile che riesci a pensare soltanto al sesso?

– E cos'altro c'è di importante da fare nella vita?

Rinuncio a controbattere. Vito è un caso grave di adolescente in pieno tsunami ormonale.

– A proposito, – gli chiedo, – com'era Patatina Bollente?

– Con i baffi.

– Come con i baffi?!

L'espressione di Vito si incupisce. – Avevi ragione, era un fake. All'appuntamento si è presentato un uomo baffuto sui cinquanta, mi ha invitato a salire sulla sua Audi per fare un giro...

– E tu cos'hai fatto?

– Mi sono messo a correre piú forte che potevo.

Scuoto la testa. – Vito... Dovresti stare piú attento. Stavolta ti è andata bene, ma con certa gente non si scherza.

Nel frattempo Francesca ci ha portato le ordinazioni. La vista dei boccali colmi di birra fresca mi risolleva un po' lo spirito. Questa sera non ho voglia di pensare a niente. L'alcol non sarà una risposta ai problemi ma almeno, se ne bevi molto, ti aiuta a dimenticare le domande. Io e Vito solleviamo i bicchieri, brindando alle nostre future conquiste.

La birra va giú bene, disseta, rinfresca, alleggerisce la mente e, sorso dopo sorso, i pensieri cominciano a perdersi in uno spazio metafisico che confina con l'incoscienza.

Intanto, accanto a noi si sono sedute due ragazze more. Sono abbastanza carine e piuttosto svestite, si muovono a scatti, parlando a voce troppo alta; ogni tanto riesco a captare qualche stralcio dei loro discorsi: discutono di scarpe, di cantanti famosi, di ragazzi, del nulla cosmico; ridono forte con le mani davanti alla bocca, gettando all'indietro le loro deliziose testoline vuote.

Ci facciamo portare altre due birre. Non sono abituato a bere e comincia già a girarmi la testa; combatto per riuscire a mantenerla eretta sul collo ma faccio troppa fatica e allora mi arrendo, lasciandola libera di ciondolare a tre centimetri dal tavolo; i miei occhi si trovano a fissare i graffiti incisi sul legno: nomi di persone che si sono sedute su queste panche prima di noi, frasi romantiche che inneggiano all'amore, disegni osceni, o infantili... Percorro con le dita il contorno di un cuore, e il pensiero vola di nuovo a Viola. Cosa starà facendo adesso? Dove sarà? Con chi?

Neanche l'alcol è riuscito a cancellare queste domande. E purtroppo è facile immaginare le risposte.

CAPITOLO DODICESIMO

Filippo mi sta aspettando seduto sul letto a gambe incrociate. I suoi vestiti sono sparsi sul pavimento. Si è tolto tutto, addosso gli è rimasto soltanto un paio di boxer neri firmati Calvin Klein.

È la prima volta che lo vedo nudo: ha un fisico perfetto, simile a quello delle statue greche che studiamo sui libri di storia dell'arte. Il suo corpo sembra scolpito nel marmo. Non si vergogna a mostrarlo, al contrario ostenta orgoglioso la sua bellezza priva di difetti.

– Vedo che nel frattempo ti sei messo a tuo agio... – gli faccio notare.

Lui scoppia a ridere. – Avevo caldo. È colpa tua: sei tu che mi accendi i bollenti spiriti...

Rido anch'io. La sua sfacciataggine non conosce limiti, e non riesco a decidere se è un pregio o un difetto.

– Non vieni a sederti vicino a me? – mi chiede, invitandomi con il magnetismo del suo sguardo.

Mi muovo verso di lui come attratta da una calamita, ubbidiente, docile, remissiva. Filippo mi tira a sé, facendomi sedere sul bordo del letto; poi mi solleva i capelli e comincia a baciarmi sul collo, alternando ai baci piccoli morsi decisi.

– Non possiamo spegnere la luce? – mormoro, temendo il momento in cui mi vedrà senza vestiti sotto questa luce elettrica impietosa.

– No... lasciamola accesa, – sussurra. – Mi eccita guardarti...

– È che... mi vergogno... – provo a insistere, ma la mia volontà è troppo debole per contrastare la sua.

– Davvero ti vergogni di me? – mi domanda, in un tono quasi canzonatorio. – Sei proprio una bambina... la mia dolce bambina...

Infila una mano sotto la maglia, accarezzandomi la schiena, mentre con l'altra mi palpa il seno, stringendolo forte tra le dita fino a farmi male. – Rilassati, – mi soffia nelle orecchie. – Non pensare piú a niente, faccio tutto io...

Mi lascio sfilare il golfino, alzando le braccia per agevolargli il compito, ormai arresa al suo volere; seguo con lo sguardo la traiettoria della mia maglia che scivola silenziosa sul pavimento, accanto ai miei piedi. E nel momento esatto in cui atterra, un bagliore rosso vicino al lembo del copriletto cattura la mia attenzione.

– Fermati! – gli dico.

– Ma perché vuoi fermarti? È cosí bello...

– Ti ho detto di fermarti! – ripeto, alzando il tono della voce. Raccolgo la fonte del bagliore: è una molletta per capelli. – E questa, cosa diavolo ci fa qui?!

Fingendo di non riconoscerla, Filippo scrolla le spalle. – Non ne ho idea... forse è di mia madre, le sarà caduta mentre metteva in ordine...

– Tua madre ha i capelli corti, stronzo! E questa non è di tua madre, la riconosco benissimo, ce l'aveva addosso la tua «amica» Isabella quando l'abbiamo incontrata da Oliver.

Mi rimetto in piedi, e improvvisamente mi gira la testa.

– Cosa stai pensando? Isabella è venuta qui per studiare, non abbiamo fatto niente... abbiamo solo studiato...

– E allora perché mi hai mentito? Che bisogno c'era di tirare in ballo tua madre?

– Non volevo che pensassi male, e infatti stai pensando male!

Lo guardo in fondo agli occhi sperando di trovarci un barlume di verità. Ma per la prima volta da quando lo conosco, ci leggo soltanto l'insicurezza di chi sta tentando di arrampicarsi sugli specchi.

– Mi dispiace, ma non riesco a crederti –. Raccolgo la mia maglia, me la rimetto. – Grazie per la cena, comunque, e per la bella serata! – Mi dirigo verso la porta a passo di carica, lui mi insegue in mutande.

– Aspetta! Lascia che ti spieghi... Viola! Ma dove credi di andare? Come ci torni a casa?

– Mai sentito parlare dei taxi? – gli chiedo, mentre lo anniento pestandogli il piede nudo con il tacco del mio stivale.

Reprimendo un grido di dolore, Filippo mi zoppica dietro attraverso il salotto. – Ma dove vai?!

– Io vado a casa, e tu vedi di andare a quel paese!

Mi sono lasciata cadere sul letto con i vestiti ancora addosso.

Non mi muovo. Resto immobile e inerte come se fossi morta.

Lascio che le lacrime mi scorrano sulle guance senza emettere un solo gemito. Lacrime nere che sporcano il bianco del cuscino.

Il display del cellulare segnala due messaggi ricevuti. Non rispondo. Non ne avrei la forza.

Mi fa male tutto il corpo. Soffro di un dolore nuovo, mai conosciuto prima, che mi entra nelle ossa e che scava nel piú profondo dell'anima.

È incredibile come la percezione che hai del mondo possa cambiare cosí, da un momento all'altro, in un improvviso lampo rosso.

Sento la pelle che brucia di febbre.

Questa sera, per la prima volta, ho scoperto sulla mia pelle cosa significa essere traditi.

CAPITOLO TREDICESIMO

– Non insistere: ti ho già detto di no!

– Ma perché? – piagnucola Vito con le mani giunte. – Non puoi dire di no al tuo amatissimo fratello...

– Lo sai perché!

Vito vorrebbe trascinarmi a uscire con una tizia pescata nel mare di Netlog che si chiama Bambolina Sexy Stuzzicosa.

– Ti giuro che è una tipa regolare, è simpatica, ha detto che porta un'amica carina...

– Avevi detto cosí anche per Brunetta Diabolika.

– Brunetta Diabolika è stato uno sbaglio. Tutti possono sbagliare nella vita, no? Ma stavolta è diverso. Sono sicuro che Bambolina Sexy Stuzzicosa non ha niente a che fare con Satana.

– Non se ne parla.

Stavolta non cedo. Non mi lascio impietosire dalle sue preghiere. È una promessa che ho fatto a me stesso dopo l'uscita a quattro di mercoledí sera con Brunetta Diabolika e la sua amica, Luciferina666. Un'esperienza fortemente traumatizzante, di quelle che ti lasciano un segno che solo lo psicanalista può cancellare. Siamo finiti a una festa organizzata da una setta clandestina di satanisti, un incrocio tra una seduta spiritica e una messa nera, dove un gruppo di incappucciati cercava di mettersi in contatto con il Principe degli Inferi in persona, come se una tale onorificenza non avesse nient'altro da fare che comparire davanti a un manipolo di esaltati da sostanze stupefacenti non meglio identificate.

Il mio amico non molla. – È una ragazza stupenda! Ha due tette che incanterebbero anche i serpenti. Chattiamo già da tre giorni. C'è feeling tra noi... ci prendiamo, capisci cosa intendo? Ti faccio vedere le sue foto, cosí ti convinci che è una tipa a posto.

– Vito, non devi convincere me. Non ti è bastata la lezione che ti ha dato Patatina Baffuta? Le foto ingannano, le persone bisogna conoscerle prima di costruire castelli in aria...

– Infatti voglio conoscerla!

– E io cosa c'entro?

– Bambolina ha detto che esce soltanto accompagnata dalla sua amica. Quindi devo portare un amico anch'io... Ti faccio vedere le sue foto, okay? – Mi guarda con gli stessi occhioni lucidi e supplici che ha il Gatto con gli Stivali di *Shrek*.

Quale colpa oscura avrò mai commesso in una delle mie precedenti vite per meritarmi un amico simile? Vito, quando vuole, riesce a essere davvero sfiancante. Mi scappa un sospiro di esasperata stanchezza. – Se ci tieni proprio tanto... – gli concedo.

Vito non se lo fa ripetere due volte. Ed ecco che la bambolina stuzzicante compare sullo schermo del computer in tutta la sua splendente sensualità: non è esattamente magrissima, ha i capelli rossi, lunghi fino alle spalle, una miriade di lentiggini e il seno quarta misura talmente compresso nel top che sembra voler esplodere da un momento all'altro. Nelle foto Bambolina sorride maliziosa, inclina graziosamente il viso, gioca con una ciocca di capelli, manda baci, strizza occhiolini... Man mano che le immagini scorrono, le sue pose diventano sempre piú assurde: stringe un orsacchiotto, morde una collana di perle finte, succhia un lecca-lecca, ce n'è pure una in cui gonfia un pallone di chewing-gum piú grande di una mongolfiera; la migliore in assoluto è quella dove indossa un pigiamino con tanti gufi colorati e gli occhialoni scuri a forma di cuore. Ha delle foto talmente ridicole che mi scappa da ridere: è troppo buffa per essere vera.

– Allora, come la trovi? – mi domanda Vito, ansioso di avere la mia approvazione.

– Be'... simpatica, – gli rispondo, sforzandomi di trattenere una risata. – Diciamo che è una tipa molto... fantasiosa.

– Visto? E tu che non mi volevi credere! Le chiedo se sono libere sabato sera, – ribatte, collegandosi subito alla posta elettronica con un sorriso di pura felicità.

– Vito, non ti ho detto che vengo!

A queste parole si volta verso di me, fissandomi con il suo speciale sguardo da micino bisognoso. – Okay, lasciamo perdere... Vorrà dire che continuerò a fare l'amore da solo. Tanto ci sono abituato. Bell'amico, comunque...

E detto ciò, mi pianta un muso che arriva fino al pavimento.

Lo conosco bene. Se non lo accontento, non mi parlerà per i prossimi due mesi. Farà finta di non conoscermi quando lo incontrerò per le scale, non risponderà ai miei messaggi e, soprattutto, non mi aiuterà con la matematica. Il che è grave, perché siamo a fine quadrimestre e devo assolutamente recuperare il quattro che ho preso nell'ultimo compito in classe. In fondo, sabato sera non ho niente di speciale da fare. Uscire mi fa bene, almeno non sto sempre a pensare a una certa persona. E la bambolina non sembra poi tanto pericolosa. Sono sopravvissuto alle adoratrici di Satana: cosa ci può essere di peggio? Mal che vada, mi faccio due risate. Spero solo che la sua amica non sia proprio un mostro.

– E va bene! Ma è soltanto per farti un favore.

CAPITOLO QUATTORDICESIMO

Dicono che se il dolore non ti uccide, ti fortifica. E io sono sopravvissuta.

Ho pianto di rabbia e di delusione per due giorni, fino a prosciugarmi. Senza parlare, mangiare, dormire. Non sono neanche andata a scuola. Mi sono data della stupida e dell'ingenua. Mi sono arrovellata senza trovare una sola risposta che potesse giustificare tutto quel dolore immeritato.

Il terzo giorno ho smesso di piangere. Non c'erano piú lacrime: semplicemente, si erano consumate. I miei occhi erano stanchi, chiedevano di riposare. Allora ho smesso di farmi domande e mi sono arresa, lasciandomi sopraffare da un lunghissimo sonno.

Quando mi sono svegliata, mi sono sentita come risorta. Sono andata alla finestra, ho tirato su le tapparelle e ho guardato fuori: il mondo era esattamente come lo avevo lasciato. Ma io ero un'altra.

Ho pensato a Filippo, alla nostra storia, a quella minuscola molletta rossa. Cosa sarebbe successo se non l'avessi vista? Avrei sprecato la mia prima volta con la persona sbagliata. Una persona che credevo di conoscere e che invece mi ha soltanto presa in giro.

Ho guardato la sveglia sul comodino: era già tardi e io volevo ritornare a scuola. Il mio stomaco rumoreggiava, pretendendo il cibo che gli avevo fatto mancare per troppo tempo. Sono andata in cucina e mi sono preparata una colazione da re; ho bevuto e mangiato di gusto, assaporando ogni singolo boccone. Poi mi sono vestita, ho preparato lo zaino e sono uscita all'aria aperta, pronta ad affrontare una nuova giornata.

Ho preso un bel respiro, mi sono riempita i polmoni di ossigeno, e ho giurato a me stessa che non permetterò mai piú a nessuno di ingannarmi.

– Come ti sembra? È carino, vero? – mi chiede Kristal, mostrandomi le fotografie di un ragazzo appena conosciuto su Netlog che si chiama King of Sex. A dire la verità, per essere il Re del Sesso gli mancano un po' di muscoli, ma in compenso ha un bel viso; i capelli non si vedono, sono nascosti da un cappellino con la visiera.

Non è male, confermo. Ha dei begli occhi... sono cosí azzurri che sembrano quasi finti! Ma è piú giovane di noi...

– No no, ha la nostra età. E mi ha detto che anche il suo amico è molto carino! Abbiamo un appuntamento con loro per sabato sera alle otto.

– Eh?!

– Dovresti ringraziarmi, – ha il coraggio di dirmi. – L'ho fatto per il tuo bene.

– Per il mio bene?!

– Certo! Non puoi mica continuare a startene chiusa in casa come una monaca di clausura. Non vale la pena di piangere per quel fedifrago bugiardo che non merita neanche il tuo dito mignolo. Devi uscire, socializzare con gli altri esseri umani, conoscere nuovi ragazzi!

– I ragazzi di Netlog non fanno per me. Non ci tengo

proprio a uscire con uno che si fa le foto in mutande e con la lingua penzoloni come un cane assetato.

– Io li trovo molto sexy, invece!

– E poi sono contraria agli appuntamenti combinati: non sono romantici e non funzionano mai. L'anima gemella si incontra per caso, quando lo decide il destino.

– Cos'è questa roba? Anima gemella? Appuntamenti romantici? Guarda che forse hai sbagliato secolo: siamo nell'era dei social network! Basta un semplice clic per mettersi in contatto con milioni di ragazzi di tutti i colori, c'è solo l'imbarazzo della scelta. Chi te lo fa fare di aspettare il destino?

– Io non ho fretta.

– E poi cosa aspetti chiusa in casa? Che il Principe Azzurro ti venga a citofonare per invitarti a fare un giro sul suo cavallo bianco? Il destino va aiutato, non può mica fare tutto da solo.

Ecco, la mia amica ha appena coniato un nuovo aforisma. Non lo fa apposta, le viene spontaneo. Dovrei annotarle, le sue perle di saggezza. Potrebbe nascerne un best-seller.

– Kristal, dico davvero... Io non me la sento ancora di uscire a caccia di ragazzi. Ho solo voglia di starmene un po' in pace.

– Ma noi usciamo solo cosí, tanto per divertirci... Non ce li dobbiamo sposare, quei due. Lo sai che sono contraria alle relazioni stabili.

Riesce a strapparmi un sorriso, Kristal. Ci riesce sempre. Meno male che c'è lei a farmi ridere con le sue follie, anche se qualche volta esagera.

Viene ad abbracciarmi, mi dà uno dei suoi baci pieni di affetto e di lucidalabbra alla fragola. – Peccato. Secondo me ci divertivamo...

Mi dispiace deluderla, so che lo sta facendo per tirarmi su di morale. E un po' ha ragione: uscire mi farebbe bene, mi servirebbe a distrarmi dai pensieri tristi. In fondo cos'ho da perdere? Mal che vada, sbadiglierò tutta la sera.

– E va bene, – le concedo. – Come al solito sei riuscita a convincermi.

Speriamo solo che l'amico del Re del Sesso non sia il Principe della Noia.

CAPITOLO QUINDICESIMO

È un miraggio.

È questo il mio primo pensiero nel vedere Viola da lontano.

Dev'essere un'aberrazione ottica simile a quelle di cui sono vittime i poveri assetati che vagano nel deserto. Qui non siamo nel deserto, anzi continua a fare freddo, però capita di vedere la persona amata anche dove non c'è; per esempio, è facile venire tratti in inganno quando incontri qualcuno che le assomiglia, o che è vestito nello stesso modo. Infatti, accanto a Bambolina Sexy Stuzzicosa, c'è proprio una ragazza bionda, minuta e immensamente carina che indossa un cappotto e una sciarpa del tutto identici a quelli di Viola. Ci stanno aspettando alla fermata della metropolitana, sembrano allegre, stanno ridendo. Comunque, per essere un miraggio, è davvero suggestivo, mi sta causando delle sensazioni che non esiterei a definire reali, e sono sensazioni veramente fantastiche. Peccato che sia destinato a scomparire tra poco, e quando succederà io ci rimarrò molto, molto male.

Forse non è un miraggio, è quello che penso mentre io e Vito attraversiamo la strada per raggiungerle. I miraggi, infatti, dovrebbero scomparire a mano a mano che ci si avvicina alla meta, ma Viola per il momento non scompare affatto, sta ancora lí, alla fermata della metropolitana, vicino alla sua amica rossa arrampicata su un paio di zeppe impossibili. Ormai ci hanno individuati, hanno smesso di ridere e ci stanno squadrando dalla testa ai piedi.

Oddioddioddioo, NON È UN MIRAGGIO, è la rivelazione finale che illumina la mia mente nel momento in cui Viola mi apostrofa con un: – E tu che ci fai qui?

Ma prima di avere la prontezza di imbastire una risposta intelligente, vengo assalito da una scarica di pensieri urgenti come: me la sono fatta la doccia prima di uscire? Mi sono messo addosso qualcosa di decente? Mi sono pettinato, almeno?!

– Passavo... – risponde la mia voce.

– Voi due vi conoscete?! – ci chiede Bambolina spalancando occhi e braccia.

– A-abbastanza... – è la mia brillante risposta, e meno male che Viola interviene con una spiegazione un po' piú dettagliata a beneficio dei nostri attoniti amici: – Sí, ci conosciamo! Andiamo a scuola insieme, siamo compagni al corso di scultura –. Poi si rivolge a Vito, il quale, a giudicare dall'espressione placida e sorridente, non ha ancora capito niente. – Piacere, io mi chiamo Viola –. E finalmente Vito capisce, ma io gli do un pestone ben centrato che gli fa passare qualsiasi voglia di commentare.

– E io sono Kristal! – si presenta Bambolina con entusiasmo. – Ma solo per gli amici. I parenti purtroppo si ostinano a chiamarmi Cristina.

Segue un momento di silenzio in cui Viola mi fissa ancora un po' sorpresa, io guardo a terra, Vito si mangia con gli occhi Kristal e Kristal osserva meglio da vicino Vito. – Ma nelle foto non avevi gli occhi marroni... erano azzurri...

A questa osservazione, pure la faccia di Vito cambia colore.

– In compenso ha un sacco di capelli, – rispondo io per toglierlo dall'imbarazzo, e Viola ride alla mia battuta. Viola ride alla mia battuta! Sono riuscito a farla ridere!

Vito ne approfitta per cambiare argomento. – Dove andiamo? Vi va di mangiare qualcosa? Conosco una pizzeria in centro dove fanno delle pizze buonissi...

– Proprio in pizzeria? – lo interrompe Bambolina. – Perché invece non andiamo in qualche posto piú esotico?

– Tipo? – chiede Vito.

– Andiamo al cinese! Io adoro il ristorante cinese!

– Ah, per me non c'è problema, – risponde lui, che di problemi non se ne fa mai.

– Okay, – concorda Viola. – E tu che dici? – mi chiede.

Se potessi rispondere alla sua domanda con sincerità, dovrei dirle che io detesto il ristorante cinese, che quelle rarissime volte in cui ho mangiato cibo cinese l'ho digerito a distanza di una settimana e ora mi sale la nausea soltanto a sentirne l'odore.

Invece rispondo che anche per me va bene, ed è comunque una risposta sincera, perché in questo momento mi muovo come in un sogno e non mi importa dove stiamo andando, cosa mangeremo, se mangerò, se vomiterò... Mi importa soltanto di stare con Viola.

Bambolina batte le mani tutta contenta e, barcollando sulle zeppe da vertigine, ci fa strada in direzione del suo ristorante preferito.

CAPITOLO SEDICESIMO

Il mondo è proprio piccolo. Chi l'avrebbe immaginato che il misterioso amico del Re del Sesso fosse il mio compagno di scuola Daniele Valenti? Sono stata contenta, però; lo conosco poco, al liceo abbiamo scambiato appena qualche parola, ma dà l'impressione di essere un tipo simpatico, e anche gentile. Accade raramente che un ragazzo ti rincorra per darti la sciarpa che hai dimenticato, o che ti tenga aperta la porta quando entri in un ristorante. Sono solo piccolezze, dettagli, però i dettagli sono importanti, perché è dalle piccole cose che si capisce il carattere di una persona.

Una cameriera sorridente che parla con la elle al posto della erre ci fa accomodare a un tavolo separato dagli altri per mezzo di un paravento. Il locale è illuminato soltanto da lanterne rosse pendenti dal soffitto: emanano una luce calda, avvolgente, che invita all'intimità. Sulle pareti spiccano grandi arazzi ricamati in oro contrapposti a orribili quadri di plastica con cascate luminescenti che danno una finta impressione di movimento. I tavoli sono pochi, rotondi, coperti da tovaglie sgargianti e le sedie foderate di velluto hanno lo schienale talmente alto che ci costringe a stare rigidi e impettiti.

Per la scelta del menu ci lasciamo consigliare da Kristal, che ordina una quantità industriale di cibo: nuvole di drago, alghe fritte, involtini primavera, nidi di rondine, spaghetti di soia con gamberetti, pollo saltato in salsa piccante e gelato fritto. Il tutto annaffiato da abbondante birra cinese (che a me sembra identica a quella italiana). Io sono curiosa di provare un po' di tutto, Kristal e Vito si ingozzano senza ritegno, mentre il mio compagno Daniele non tocca quasi nulla. Lo vedo strano stasera, sembra persino nervoso. Parla poco e arrossisce molto. Forse a causa del pollo in salsa piccante che Kristal ha voluto fargli assaggiare a tutti i costi. Non sono ancora riuscita a capire se Vito le piace o meno. Decido di scoprirlo chiedendole di accompagnarmi in bagno.

– Allora ti piace Vito?

– Sí e no, – mi risponde laconica mentre si trucca davanti allo specchio aggiungendo altro ombretto sulle palpebre.

– Che cosa significa sí e no?!

– Decido dopo. Forse per divertirsi va bene, – dice, ripassandosi anche il rossetto. – E il suo amico ti piace?

La domanda mi prende alla sprovvista. – Chi? Daniele? Figurati, siamo compagni di scuola...

– E con ciò? – ribatte, rimettendo i trucchi nella borsetta. – Tu gli piaci, invece. È tutta la sera che ti fissa imbambolato.

– Ma non dire cavolate!

– Hai notato che evita di parlarti? Ed è strano da parte di un compagno di scuola... – Lascia la frase sospesa nell'aria, sorridendomi con aria furbetta. – Fidati, io me ne intendo: quando i ragazzi diventano muti, è perché gatta ci cova...

Torno in sala leggermente confusa, chiedendomi cosa c'entrano le gatte che covano con i ragazzi che diventano improvvisamente muti.

Nel frattempo, la cameriera ha portato al nostro tavolo un omaggio della casa: quattro bicchierini di grappa alle rose accompagnati dai dolcetti della fortuna cinesi, leggere cialde croccanti che contengono all'interno un bigliettino con un augurio di buona sorte o una frase famosa. Prima di mangiarli bisognerebbe spezzarli per estrarre il foglietto di carta, ma evidentemente il mio compagno Daniele non lo sapeva perché, dopo aver scartato la confezione di plastica, si è infilato in bocca il biscotto tutto intero. Nessuno di noi ha fatto in tempo ad avvisarlo. Ecco, adesso deve essersi accorto che il ripieno del biscotto ha qualcosa di strano perché ha smesso di masticare. Ci fissa per un momento con l'aria interrogativa, quindi apre la bocca tirando fuori il biglietto mangiucchiato. Scoppiamo tutti a ridere, e anche lui ride con noi.

– Comunque si legge ancora, – ci fa notare.

– E cosa c'è scritto? – gli chiede Kristal.

– «Ridere non è affatto un brutto modo per iniziare un'amicizia».

CAPITOLO DICIASSETTESIMO

Finalmente usciamo. Puzzo di fritto dalla testa ai piedi e quel poco che ho mangiato mi è rimasto sullo stomaco con lo stesso peso di un blocco di cemento. Bambolina ha insistito per farmi assaggiare a tutti i costi questa o quella delizia, costringendomi a combattere con le bacchette di legno, perché «al ristorante cinese non si può mangiare con le posate!» e mi è toccato assaggiare anche il pollo in salsa piccante che mi ha scatenato un incendio devastante nella bocca.

Dopo il ristorante, Viola ha proposto di fare una passeggiata. Pare che Vito e Kristal abbiano socializzato alla grande. Camminano un paio di metri dietro di noi parlando animatamente, beati loro che ci riescono.

Anch'io vorrei dire tante cose a Viola, talmente tante che non me ne viene in mente nemmeno una. Potrei rompere il ghiaccio raccontandole una barzelletta, ma le uniche che conosco sono quelle pornografiche che mi racconta Vito. Provo ad aggrapparmi al solo argomento che abbiamo in comune. – Come ti trovi a scuola? – mi esce, e subito mi maledico per questa domanda da quarta elementare.

Viola però mi prende sul serio. – Il liceo artistico mi piace molto. È stata una mia scelta, e ho dovuto combattere per convincere mia madre a iscrivermi. Lei pensa che sia una scuola inutile e che rimarrò disoccupata a vita. Ma mia madre pensa un sacco di cose che io non condivido... Preferisco rimanere disoccupata a vita, piuttosto che fare un lavoro che non mi piace! E comunque, se credi nei tuoi sogni, se ci credi veramente e ti impegni per realizzarli, i sogni si possono avverare. Il mio è riuscire a diventare fotografa... – Fa una pausa, dopo aver pronunciato questo discorso in un fiato. – Scusami... Forse ti sto annoiando, io parlo sempre troppo.

– Non mi stai annoiando per niente, – le dico. Fosse per me starei qui tutta la notte a sentirti parlare dei tuoi sogni pieni di passione. Ma questo non glielo posso dire.

– E tu? – mi chiede.

– No, io non credo che diventerò un artista.

– Be', di certo non farai lo scultore... – ribatte, ridacchiando birichina.

Quindi non è vero che per lei sono trasparente. La mia totale mancanza di talento l'ha notata eccome!

– Mi piace la filosofia, – replico, un po' offeso.

– Davvero?

Il mio orgoglio rialza la testa. – Davvero. La filosofia è stata una scoperta che ha cambiato totalmente il mio modo di vedere il mondo. È difficile da spiegare... è come se si fossero moltiplicate le prospettive da cui posso osservare la realtà... Attraverso il pensiero filosofico l'uomo, pur nella sua piccolezza, è stato in grado di comprendere le leggi dell'Universo ancora prima dell'avvento della scienza. I filosofi hanno trovato le risposte alle domande piú importanti della vita... Anche la filosofia è arte. È l'arte del pensare –. Mi fermo, quasi senza fiato. Non lo so neanch'io dove le ho prese tutte queste parole. Sono sgorgate spontanee, come la mia passione sincera.

Viola ha smesso di camminare. Mi scruta seria. È la prima volta che la vedo cosí seria. – È bello quello che hai detto...

Il suo complimento mi manda di nuovo in confusione. Farfuglio qualche suono incomprensibile.

– Anzi no... – aggiunge, cercando anche lei le parole. – È bello... come l'hai detto...

Restiamo a guardarci per un lunghissimo istante, avvolti nell'incanto del momento, come sospesi in una bolla di sapone che galleggia nel silenzio della sera.

Un silenzio quasi assoluto.

Improvvisamente realizziamo entrambi che le voci alle nostre spalle si sono dileguate. Senza dirci niente, ci voltiamo come un sol corpo: dietro di noi non c'è piú nessuno. I nostri amici sono scomparsi.

– Ma... e dove sono andati a finire quei due? – esclama Viola.

– Mi vengono in mente un paio di ipotesi, – suggerisco.

– Sentiamo.

– Sono stati rapiti dagli UFO che li hanno caricati con la forza sulla loro navicella spaziale per portarli su Plutone.

– Mi sembra alquanto improbabile. E l'altra?

– Sono andati a imboscarsi in qualche luogo isolato.

– Conoscendo la mia amica, propenderei per la seconda.

– Concordo: conoscendo il mio amico, anch'io propenderei per la seconda.

– A quanto pare hanno fatto amicizia... – conclude Viola.

– Cosí sembra...

Ci mettiamo a ridere e, finalmente, per la prima volta in questa emozionante serata, riesco davvero a rilassarmi.

Ripenso alla frase di buona fortuna del dolcetto cinese.

Forse, anche io e Viola abbiamo fatto amicizia.

PARTE SECONDA

CONOSCERSI

CAPITOLO DICIOTTESIMO

– Un disastro! Altro che Re del Sesso! Se lui è il Re del Sesso, allora io sono l'Imperatrice della Cina!

– Dài, raccontami i particolari che voglio ridere, – la incito, portando il cordless in camera mia, a distanza di sicurezza da mia madre. Kristal ha una voce talmente squillante che, quando parla al telefono, dall'altra parte la sentono nel raggio di cinque metri.

Tanto per cominciare, non sa baciare. Muoveva la lingua alla stessa velocità delle pale di un frullatore, mi ha completamente lavato la faccia e avremo sbattuto i denti almeno dieci volte. Per poco non me ne rompeva uno. E io ai miei denti ci tengo! Per di piú, mi baciava con gli occhi aperti, anzi sbarrati è piú preciso.

– Che incubo! – commento io.

– Poi si è scaldato e ha cominciato a toccarmi e strizzarmi dappertutto.

– E tu non l'hai fermato?

– Ci ho provato, ma era inarrestabile. Gli si erano moltiplicate le mani, non so quante ne aveva. Non facevo in tempo a fermargliene una, che ne ripartivano altre quattro.

– E come hai fatto a liberartene?

– Ho dovuto dargli un colpo in testa con la borsetta.

– E lui?!

– Lui mi ha detto che va pazzo per le ragazze un po' selvagge che sono capaci di farsi valere con l'uso della forza.

– Inarrestabile davvero... – ridacchio. – Come siete rimasti? Hai intenzione di rivederlo?

Kristal alza il tono della voce: – Io neanche per sogno, ma lui mi sta martellando di messaggi.

– Povero Re del Sesso... l'hai fatto innamorare. E adesso?

– Adesso non so piú come togliermelo di torno! – mi urla nella cornetta, costringendomi ad allontanarla dall'orecchio.

– Prova a dirgli che sei morta.

– Non mi fai per niente ridere! – risponde risentita. Quindi cambia argomento. – Parliamo di cose serie: giovedí sera c'è la festa di Carnevale al Kubo, gli organizzatori hanno pubblicato l'evento su Facebook, ci sarà mezzo mondo, dobbiamo andarci assolutamente!

– Eh, magari... – sospiro.

– A tua madre puoi dire che vieni a dormire da me...

– No, non mi va, è una bugia troppo grossa, – rispondo, mentre un allegro scampanellio annuncia l'arrivo di un ospite. – È arrivata mia zia da Londra, ti richiamo piú tardi.

Corro alla porta ad abbracciare la mia zia preferita. Non la vedevo da un sacco di tempo: fa la ricercatrice ed è spesso in giro per il mondo. Si occupa di energia alternativa; è un'esperta in energia eolica, progetta turbine a vento, mulini multipala, palloni aerostatici e marchingegni del genere. Si è laureata in fisica giovanissima, con il massimo dei voti; ha un cervello d'oro zecchino, mia zia Stella, anche se a vederla cosí, con la faccia da ragazzina e i capelli corti e sbarazzini, piú che una scienziata sembra una liceale. È la sorella minore di mia madre, ma non vanno tanto d'accordo. Prima della mia nascita avevano litigato seriamente, non si erano piú parlate per un anno. Poi sono arrivata io e si sono riavvicinate, anche se discutono ancora su tutto, scontrandosi a viso aperto. Credo sia il loro modo di volersi bene.

Dopo cena, mio padre si chiude in salotto a guardare la partita, mentre noi donne rimaniamo in cucina a sparecchiare.

– Mi spieghi per quale motivo devono sparecchiare sempre le donne? – sbotta mia zia. – Non potrebbe sparecchiare tuo marito, ogni tanto?

– Non vedi che è stanco? Ha lavorato tutto il giorno.

– Perché, tu no?

– Cosa c'entra? Lui fa un lavoro piú pesante.

– Balle! La verità è che preferisci il ruolo della casalinga devota e frustrata.

Ecco, incominciano a litigare. Sono andate d'amore e d'accordo durante tutta la cena, e già mi sembrava strano. Cerco di mettere pace, distraendo la loro attenzione.

– Zia, posso aprire il mio regalo? Sono troppo curiosa...

La zia mi porta sempre qualche cosa quando torna dai suoi viaggi. E sono sempre regali super.

– Lo fai apposta a viziarla, – commenta acida mia madre.

– Adoro viziare la mia nipotina preferita! – esclama zia Stella, porgendomi un pacchetto morbido, che contiene qualcosa di stoffa.

Strappo la carta in un batter d'occhio e tiro fuori una gonna a palloncino che arriva appena sopra il ginocchio, nera a minuscoli pois bianchi.

– L'ho comprata nel negozio piú trendy di Londra. A te che sei magra starà benissimo, – mi assicura. – Questa gonna è perfetta per ballare sul cubo in discoteca, – aggiunge, facendomi l'occhiolino.

– Tanto la mamma non mi lascia andare, – mi lamento, in tono mesto.

– La tua mamma è un dinosauro, tesoro, lei non lo sa neanche cosa sono le discoteche, forse dovresti spiegarglielo.

– Lo so benissimo invece, ed è proprio per questo che non la lascio andare! – precisa mia madre in tono militaresco. – Io, alla sua età, non me lo sognavo neanche di andare in discoteca.

– Oh, per favore! Tu la sua età non l'hai mai avuta. Quando sei nata avevi già trent'anni! E in discoteca non ci sei mai andata semplicemente perché non ti interessava.

– Non li leggi i giornali? Come si fa a stare tranquilli con tutto quello che succede? Droga, alcol, risse, stupri, stragi del sabato sera...

– Esagerata! Se la discoteca fosse questo luogo pericolosissimo che stai descrivendo, non dovrebbe andarci nessuno. E poi Viola è una ragazza con la testa sulle spalle.

– Non è di lei che non mi fido. Io non mi fido degli altri.

– Viola non fa tutto quello che le dicono gli altri. Ha un cervello pensante. Se non le dai mai la possibilità di scegliere, come fa a crescere?

Mia madre non ha la prontezza di rispondere e io ne approfitto per darle un'altra stoccata: – Le mie amiche ci vanno tutte!

Mia zia raccoglie al volo lo spunto. – Vedi? – dice rivolta al dinosauro. – Le altre mamme sono molto piú moderne di te, e sono sicura che non hanno una figlia affidabile come Viola. Potreste mettervi d'accordo fra genitori, qualcuno di voi va ad accompagnare le ragazze, e qualcun altro le va a prendere. Basta solo organizzarsi...

Incapace di controbattere con validi argomenti, mia madre prova a scaricare la responsabilità. – Anche suo padre non vuole!

– Quando ne avete parlato l'ultima volta?

Silenzio dell'avversario e altro punto per mia zia, che affonda. – Non ne parlate da quando Viola andava alle elementari, vero? Nel frattempo è parecchio cresciuta, quindi potreste riesaminare la questione, – suggerisce. E poi, con un colpo da maestra, cambia tattica: – Ho portato un regalo anche per te.

– Per me? – le chiede mia madre sgranando gli occhi.

Zia Stella recupera un pacco che teneva nascosto nella sua capiente borsa e glielo allunga. – Che cosa aspetti? Aprilo!

Scoccandoci occhiate circospette, la mamma scarta il pacco lentamente, attenta a non sciupare la carta. – E queste quando dovrei metterle?! – esclama nel vedere un paio di elegantissime pantofole rosa decorate da una fascia di piume di struzzo.

– Adesso! – le risponde la zia. – Al posto di quelle ciabattacce consunte che porti ai piedi.

La mamma si morde il lato sinistro del labbro. – A Paolo non piace questo genere di cose...

La zia inarca un sopracciglio. – Sei proprio sicura?

Prima di andare via, zia Stella mi prende da parte. – Mi ha promesso che ne parlerà con tuo papà.

– Tanto è lei che comanda.

– Secondo me, la spuntiamo. Mentre ne discutevamo, l'ho vista vacillare. La conosco da trentasei anni: quando si morde il lato sinistro del labbro significa che è combattuta.

CAPITOLO DICIANNOVESIMO

Davanti all'entrata del Kubo si è già formata una coda interminabile. L'avevo detto a Vito che conveniva arrivare prima. Adesso rischiamo di non entrare. Ci rassegniamo a metterci in fila, schiacciati contro le transenne che la delimitano, stoici nella sofferenza dell'attesa come dei veri supereroi. Non abbiamo nemmeno indossato il giubbotto sopra i nostri costumi da Superman e Batman, perché i veri supereroi non temono il freddo; però ora ci tocca aspettare tremando. Meno male che abbiamo il petto imbottito con muscoli di gommapiuma, che saranno pure finti ma almeno tengono caldo.

Vito ha saputo di questa festa tramite Facebook; quando ha visto Kristal tra i partecipanti all'evento, mi ha subito chiamato e io stavolta non mi sono di certo fatto pregare per accompagnarlo. Il mio amico si è preso una bella cotta per Bambolina. Mi ha raccontato che la sera del ristorante cinese si sono baciati a lungo e che tra loro è scoppiata una passione travolgente. Solo che dopo, inspiegabilmente, Kristal non si è piú fatta sentire, e pare che non risponda nemmeno ai suoi messaggi e alle sue telefonate. Vito non riesce a darsi pace e stasera conta di incontrarla per ottenere un chiarimento.

È già mezz'ora che aspettiamo. I buttafuori che si occupano della selezione all'ingresso danno la precedenza alle ragazze e alle coppie. Se io e Vito ci fossimo vestiti da femmine invece che da supereroi, a quest'ora probabilmente saremmo dentro. Ogni tanto arriva qualcuno che salta la coda. Sono quelli che hanno il tavolo prenotato, gente che non ha problemi a spendere cento euro in bottiglie di vino. Al loro arrivo, i buttafuori spostano le transenne con solerzia, facendo entrare i privilegiati con amichevoli pacche sulla spalla, mentre noi comuni mortali li fissiamo invidiosi, continuando ad aspettare pazientemente il nostro turno.

Mi sto chiedendo se stasera riuscirò a vedere Viola, se verrà insieme alla sua amica Kristal o se invece a quest'ora sarà insieme al suo ragazzo, quando lo vedo arrivare. Cammina a petto in fuori, con il passo tracotante di chi è abituato a saltare le code. Mi viene da sorridere nel vedere come si è mascherato: non poteva scegliere travestimento piú adatto. Mio malgrado, sono costretto ad ammettere che il costume da vampiro gli dona parecchio, e infatti un paio di ragazze si voltano a guardarlo ammirate. È il ragazzo di Viola, o quello che credevo fosse il ragazzo di Viola, perché ora non ne sono piú tanto sicuro. L'altra sera non ho avuto il coraggio di chiederle di lui, ma il fatto stesso che non fossero insieme mi ha dato nuova speranza. E adesso Mister Vampiro è arrivato da solo.

Non appena lo riconoscono, i buttafuori lo salutano con un largo sorriso gioviale; scambiano un paio di battute amichevoli e poi lo lasciano passare. Lo osservo sparire oltre l'entrata, il mantello nero che svolazza in mezzo alle luci sfavillanti.

Quando un quarto d'ora piú tardi io e Vito raggiungiamo finalmente la testa della coda, gli uomini della sicurezza ci comunicano che non possiamo entrare.

– Ci dispiace ragazzi, ma il locale è al completo.

Io e il mio amico ci scambiamo un'occhiata desolata, mentre un mormorio di delusione si propaga come un'onda tra gli sfortunati rimasti fuori.

Vito prova a pregare le facce di pietra dei due energumeni. – Non potete fare una piccola eccezione? – supplica, in un tentativo tanto accorato quanto inutile. – Devo assolutamente parlare con una ragazza!

– Davvero non si può piú entrare? Allora torniamo a casa...

Riconosco all'istante la voce che ha parlato alle nostre spalle. È una voce particolare, un po' roca e con uno spiccato accento francese. Appartiene alla mia compagna di classe Barbara Vidal.

– Per voi la porta è sempre aperta, – replica uno dei buttafuori.

– Grazie, – risponde lei, slanciandosi a baciare sulle guance prima uno e poi l'altro colosso, come fa pure la ragazza che l'accompagna. Sono vestite in modo identico, indossano entrambe un abito rosso, aderentissimo e scollato, scarpe di vernice con il tacco alto e calze nere a rete; sulle teste spuntano un paio di piccole corna. Due diavolette davvero molto sexy.

– Loro sono nostri amici, – aggiunge Barbara, indicandoci.

Il buttafuori che comanda ci fa un cenno con la testa. – Okay, passate, – dice in tono condiscendente. – È la vostra serata fortunata.

Ancora increduli, io e Vito ci slanciamo dietro alle due diavolette, che ci prendono sottobraccio con naturalezza; ci avviamo verso l'entrata scortati da loro, sotto gli sguardi invidiosi di quelli che sono rimasti al freddo.

– Grazie, – sussurro alla mia salvatrice.

– Mi devi un favore, – ribatte lei, sganciandosi dal mio braccio non appena raggiungiamo la grande sala d'ingresso.

Mi fa l'occhiolino e poi si tuffa nella mischia con la sua amica.

CAPITOLO VENTESIMO

Ballare nella mischia, in mezzo a centinaia di altri corpi che si muovono allo stesso ritmo del mio, mi dà una sensazione di euforia che non avevo mai provato prima. Sento la musica pulsarmi nelle vene, la sento dentro di me, dentro la testa, le gambe, le braccia; non ho bisogno di pensare, il mio corpo ubbidisce da solo all'impulso irrefrenabile di andare a tempo con la musica. Sudo, salto, mi scateno, lasciandomi trasportare dall'onda sonora, nel turbine delle luci stroboscopiche intermittenti che creano un'atmosfera irreale in cui sembra di perdersi. È come stare al centro di un sogno eccitante, pieno di colori luminosi, dove esiste soltanto la voglia di divertirsi qui e ora.

Zia Stella aveva ragione: alla fine mia madre ha ceduto. Si è accordata con il padre di Kristal, che ci ha accompagnate in macchina davanti all'entrata del Kubo, mentre per il ritorno ci verrà a prendere lei. Domani le scuole rimarranno chiuse per le vacanze di Carnevale, quindi non c'è il problema dei compiti o di doversi svegliare presto.

Siamo arrivate tra i primi perché non volevamo correre il rischio di rimanere fuori, cosí non abbiamo neanche dovuto metterci in coda per entrare. Il locale si è riempito nel giro di mezz'ora e adesso è talmente affollato che non si riesce quasi a camminare.

Kristal ha voluto vestirsi da coniglietta sexy, con tanto di codino a pon pon e orecchie di pelo rosa che continuano a penzolarle davanti agli occhi mentre balla in equilibrio precario sulle zeppe. Fosse stato per lei, si sarebbe arrampicata sopra a un cubo ma, temendo per la sua incolumità, sono riuscita a convincerla a non farlo.

Di tanto in tanto la voce del dee-jay incita ad alzare le braccia, a battere le mani, a non fermarsi, e io davvero non vorrei piú fermarmi, sono talmente carica che mi sembra di poter continuare a ballare all'infinito.

La mia amica, invece, inizia a mostrare i primi segni di cedimento; urlando per sovrastare i decibel della musica, mi chiede di fare una pausa. Attraversiamo la pista tentando di farci largo in mezzo alla ressa, in cerca dei bagni che non sappiamo neanche dove siano. Un tizio travestito da pirata le spruzza un po' di schiuma da barba in mezzo alla scollatura e un altro che indossa il costume di Zorro si diverte a tirarle il codino da coniglietta. Lei si schermisce, protesta, minaccia, ma si vede che le piace attirare le attenzioni dei maschi.

Finalmente troviamo i bagni delle donne. Appena entrate, notiamo che le altre ragazze stanno ridacchiando davanti allo specchio dei lavandini. Ci avviciniamo anche noi e ci accorgiamo che si tratta di uno specchio particolare, che permette di vedere i ragazzi nell'attiguo bagno maschile senza che dall'altra parte possano vedere noi. Chi di loro lo sa, evita di sostare nella zona dei lavandini, mentre quelli che nessuno ha avvertito si specchiano ignari di dare spettacolo: si lavano il viso, si pettinano il ciuffo, qualcuno si mette la matita intorno agli occhi; ce n'è persino uno impegnato a schiacciarsi un brufolo enorme che ci fa ridere fino alle lacrime. E comunque non è vero che sono solo le ragazze a essere vanitose, i maschi sono peggio di noi.

Torniamo in mezzo al vortice della festa, curiose di esplorare le diverse sale della discoteca; ce ne sono quattro, ognuna caratterizzata da un tipo diverso di musica. La piú gettonata è quella dove suonano l'house, ma fa un caldo micidiale ed è ormai troppo affollata per riuscire a ballare con un minimo di libertà. La sala con la musica commerciale è piena di sfigati e la lounge non ci piace. Quando entriamo in quella dell'hip hop, il dee-jay fa partire la mia canzone preferita. Afferro Kristal per un braccio e la trascino di nuovo in pista, come attratta da un richiamo irresistibile.

Ballo, ballo, ballo, e mi sento cosí euforica e leggera che mi sembra di volare.

CAPITOLO VENTUNESIMO

Eccola. Sul bordo della pista che balla nella mischia, in mezzo alle figure sfocate di centinaia di altre persone, solo macchie di colore intorno a lei che è l'unica tra le tante.

Si muove leggera, il viso raggiante, sudato, è la prima volta che la vedo sudata, ed è incantevole con le guance arrossate e le piccole ali del suo costume da fata.

Una fata che balla l'hip hop non l'avevo mai vista. Neanche nei cartoni animati. E nemmeno nei sogni. Rimango ipnotizzato davanti al movimento ritmico dei suoi fianchi che ondeggiano armoniosi. Immagino quei fianchi ondeggiare sopra di me, non riesco a farne a meno, è un pensiero incontrollabile, e nella mia breve vita non avevo mai provato un desiderio cosí forte come quello di poterla toccare.

Vito invece è partito a razzo verso Kristal senza lasciarle il tempo di darsi alla fuga. Bambolina non sembra particolarmente contenta di vederlo, ma si lascia lo stesso convincere a seguirlo in un posto piú tranquillo; mentre si allontanano, Vito mi fa un cenno che significa «ci vediamo dopo».

È impossibile riuscire a parlare in questo frastuono, cosí pure io sono costretto a esprimermi a gesti per invitare Viola a bere qualcosa. Lei accetta l'invito con un sorriso e ci avventuriamo verso il bar, dove devo fare un'altra coda per riuscire a guadagnare una coca e un mojito; pago per entrambi e dopo riusciamo finalmente a sederci su un divanetto libero. Viola svuota il bicchiere in due sorsi, raccontandomi che è la prima volta che viene a ballare; parla con l'entusiamo di una bambina appena entrata nel magico mondo di Disneyland, le parole le sgorgano dalle labbra fresche e frizzanti come le bollicine della coca-cola, e i gesti che le accompagnano sono di una spontaneità quasi infantile. Non c'è niente di costruito in lei e non mi stupisco di scoprirla come la immaginavo.

Di colpo la vedo cambiare espressione. Mister Vampiro si è materializzato davanti a noi in tutta la sua magnificenza. E i suoi muscoli non sono di gommapiuma. Mi ero illuso troppo presto che si fosse tolto dai piedi. È comparso all'improvviso, come saltato fuori da una botola nel pavimento, il cappello a cilindro messo di traverso e un ghigno inquietante stampato sulla faccia. Gli manca solo il rivoletto di sangue che sgorga dalla bocca.

Ignorando la mia presenza, si rivolge a Viola. – Io e te dobbiamo parlare –. Strascica le parole, evidentemente ha bevuto qualche bicchiere di troppo.

Lei si irrigidisce. – Non abbiamo piú niente da dirci, – replica con decisione.

La bella notizia mi riempie il cuore di nuova speranza.

Lui insiste. – Ti chiedo solo cinque minuti.

Invece di rispondergli, Viola si avvicina ancora di piú a me.

– Chi è lui? – chiede minaccioso, fissandomi come uno scarafaggio sbucato da sotto il frigorifero.

– Non sono affari tuoi, – ribatte lei.

– Spostati, Superman, che devo parlare con la mia ragazza, – mi ordina con un cenno perentorio della testa.

– Non sono piú la tua ragazza!

Altra bella notizia che mi infonde il coraggio necessario per alzarmi in piedi e dirgli molto gentilmente: – Okay, lasciala stare, ha detto che non ti vuole parlare.

Per tutta risposta, mi molla uno spintone che mi rimette di nuovo a sedere al mio posto. Mantengo la calma, cercando di non rispondere alla provocazione. Mi rialzo e anche Viola si alza insieme a me. – È ubriaco, non dargli retta, andiamo via, – mi prega, prendendomi per mano.

– Ti sei consolata in fretta, – osserva lui. – E per di piú con uno sfigato. Dovevo immaginarlo che eri una troietta da quattro soldi.

Non lo so cosa mi succede: io non avevo mai fatto a pugni prima d'ora. So solo che vedo tutto rosso e perdo il controllo e il mio corpo si scaglia con violenza contro il suo. Un secondo dopo siamo avvinghiati a terra, lui mi monta sopra, mi molla un cazzotto in piena faccia e uno contro il petto che mi mozza il respiro. Non sono per niente bravo a fare a pugni e allora cerco di difendermi come posso, mi proteggo il viso con le braccia, mi aggrappo ai suoi capelli, glieli tiro, tiro calci all'aria... A salvarmi la vita, ci pensano i buttafuori che intervengono per dividerci. Mi afferrano uno per le gambe e un altro per le braccia, trasportandomi come un sacco di patate verso l'uscita di sicurezza all'estremità della sala e, prima che possa contare fino a dieci, mi ritrovo sbattuto fuori, con il sedere appoggiato sul freddo cemento del parcheggio. La mia permanenza al Kubo è stata breve, ma densa di emozioni.

Viola è uscita insieme a me. – Stai bene? – vuole sapere, e intanto mi aiuta a rimettermi in piedi.

– Benone, – le assicuro, massaggiandomi la guancia dolorante.

– Hai un livido sulla guancia...

– Non è niente, – minimizzo io. – Mi ha preso soltanto di striscio. Gli è andata bene, se non ci avessero divisi, a quest'ora lo stavano portando via in ambulanza.

Ma lei non coglie la mia ironia. – Mi dispiace, mi dispiace tanto... – continua a ripetere.

– Non c'è problema, avevo giusto bisogno di una scarica di emozioni forti, senza emozioni forti poi mi annoio.

– Mi dispiace, io non potevo immaginare... Credevo che lui fosse diverso... – si giustifica.

– Viola, davvero, non mi devi spiegare niente.

– E invece voglio spiegarti, – insiste. – Ci siamo conosciuti qualche mese fa, me l'ha presentato Kristal, vanno nella stessa scuola. Ci siamo piaciuti subito e io mi sono sentita lusingata che un ragazzo piú grande potesse interessarsi a me. Mi riempiva di complimenti, mi corteggiava, mi faceva sentire importante. All'inizio tra noi era tutto perfetto, come se fosse troppo bello per essere vero, non so se capisci quello che voglio dire. Lui mi sembrava il ragazzo ideale, anche se qualche volta discutevamo e non esprimeva mai i suoi sentimenti per me, ma io credevo che facesse parte del suo carattere. Invece poi ho scoperto che mi aveva tradita... E pensare che pochi giorni prima mi aveva persino regalato un paio di orecchini con un biglietto cosí dolce...

Annuisco comprensivo, cercando di mantenere un'espressione neutra che non tradisca il terremoto che ho nel cuore. Ecco che fine hanno fatto i miei orecchini. Quindi quello stronzo le ha lasciato credere di averglieli regalati lui. Che essere immondo. Però non posso dirlo a Viola. Non è il momento. Mi sembrerebbe di approfittare della situazione. E non voglio darle un'altra delusione. Perché, lo so, è ancora innamorata di lui.

Un giorno le dirò la verità. Lo prometto a me stesso.

Mi accorgo solo ora che sta tremando. Per seguirmi fuori, non si è neanche preoccupata di recuperare il suo giubbotto dal guardaroba.

Mi tolgo il mio mantello da Superman e glielo metto sulle spalle. E pazienza se è tutto strappato.

CAPITOLO VENTIDUESIMO

Non fa tanto freddo questa sera, si sta bene in terrazza, accoccolate sul dondolo sotto una calda coperta di lana. Kristal mi ha chiesto di tenerle compagnia, dato che come al solito era da sola in casa. Non è una famiglia molto unita la sua: il padre lavora ventiquattro ore al giorno, la madre si consola dedicandosi a un'intensa vita sociale e la sorella maggiore studia in un'altra città. Kristal può fare quasi tutto quello che vuole e da una parte la invidio; dall'altra però, penso che mi farebbe paura essere cosí abbandonata a me stessa.

Niente emozioni forti stasera, niente pub, discoteche, chat, niente ragazzi. Solo io e lei, e le luci della città sotto di noi.

Giochiamo al «Rapitore serale»; è un gioco che ha inventato Kristal in uno dei suoi momenti di follia creativa. Sulle prime mi sembrava un'idea stupida, e invece poi ci ho preso gusto anch'io. Ci divertiamo a inventare storie pazzesche in cui ci sono ragazzi bellissimi che ci rapiscono per portarci in luoghi lontani, nei loro nascondigli segreti. Inizia una di noi e l'altra deve continuare, un pezzo ciascuna, fino alla fine della storia.

Prima decidiamo come deve essere il rapitore; ogni volta ne inventiamo uno diverso.

Comincia Kristal. – Ha un viso perfetto, incorniciato da capelli ribelli color bronzo, la pelle chiara e gli occhi color ambra. È alto un metro e ottantasette, ha il fisico slanciato e muscoli d'acciaio...

La interrompo. – Sbaglio o assomiglia al vampiro di *Twilight*?

– Esatto. Avevo proprio in mente Edward. Non trovi anche tu che sia semplicemente sublime?

– Per niente! E poi di vampiri non ne voglio piú sapere, – esclamo, ripensando al casino successo in discoteca.

– Pensa all'attore del film, Robert Pattinson: ha uno sguardo cosí penetrante, dolce e pericoloso allo stesso tempo... Io lo trovo intrigante da morire.

– Con quella carnagione color cadavere? Non sarebbe meglio uno come Johnny Depp? Moro, misterioso e maledettamente sexy...

Kristal ci fa un pensierino. – Sí, Johnny non è male. Propongo di fare un mix. Il rapitore è come Johnny, però con i capelli e gli occhi di Robert.

– Johnny Depp biondo? Non ha senso!

– Quanto rompi! Allora soltanto con gli occhi di Robert. Mi fa impazzire il suo sguardo sofferto che esprime tutto il tormento che ha dentro.

Sono costretta a scendere a un compromesso, anche se a mio parere lo sguardo di Robert Pattinson ha la stessa forza espressiva di un termosifone spento. Quindi, parto a raccontare.

– È notte. La luna piena veglia sul mio sonno e su quello degli altri abitanti di questa cittadina affacciata sul mare. All'improvviso vengo svegliata dal suono di un corno: è il segnale di allarme. Corro alla finestra per capire cosa sta succedendo e vedo una nave dalle vele nere che si avvicina pericolosamente alla costa. È una nave di pirati che di lí a poco mettono a ferro e fuoco la città. Dopo una strenua battaglia, siamo costretti alla resa e due pirati bruti e selvaggi vengono a rapirmi. Il mio cuore non regge a tanta emozione e cosí perdo i sensi. Tocca a te.

Kristal prosegue il racconto. – Al risveglio, mi ritrovo sulla nave. Mi hanno presa prigioniera perché sono la figlia del Governatore e i pirati vogliono chiedere un riscatto a mio padre. Mi hanno rinchiusa nelle stive, è tutto buio, fa freddo e ho tanta tanta paura. E che cavolo! Potevano almeno darmi il tempo di mettermi addosso qualcosa di decente. Non si rapisce una signorina per bene in camicia da notte e per di piú trasparente! Ci sono pure i topi nella stiva, certi topazzi lunghi mezzo metro, che schifo. Mi hanno lasciato un vassoio con del cibo ma io non mangio per protesta. Tocca a te.

– Dopo due giorni di angosciosa prigionia, i due bruti vengono a prendermi. Tremo in tutto il corpo, ho paura che vogliano uccidermi, invece mi dicono che il loro capo vuole parlarmi. Mi portano nel suo alloggio privato, e quando lo vedo rimango talmente colpita dalla sua bellezza piena di forza che me ne innamoro a prima vista. Tocca a te.

– Che strafigo! Indossa una bandana, pantaloni neri attillati e stivali alti fino al ginocchio. È proprio il mio tipo, con le spalle larghe, i muscoli definiti e le natiche belle sode che solo a guardarle mi viene voglia di dare una palpatina. Anche lui rimane folgorato dalla mia camicia da notte trasparente, cioè da quello che si vede sotto la mia camicia da notte trasparente, cosí non gliene frega piú niente del riscatto e non vede l'ora di rimanere da solo con me. Perciò ordina ai suoi uomini di togliersi dai piedi. Tocca a te.

– Non appena mi parla, la sua voce diventa suadente. Mi

dice che sono incantevole e che il desiderio di me lo sta facendo impazzire. Le nostre labbra si uniscono e cominciamo a baciarci... e poi... Tocca a te.

Non ci riesco. È troppo imbarazzante descrivere quello che sta per succedere a questo punto della storia. Quando arriviamo alla scena di sesso (e le storie che inventiamo finiscono sempre con una scena di sesso) passo la parola, anche perché Kristal ha già fatto l'amore quindi sa come si fa e cosa si prova in quei momenti. Lei si lancia a raccontare descrivendo tutto, ma proprio tutto, anche i dettagli piú spinti, mentre io l'ascolto senza perdere una parola, curiosa, emozionata, eccitata... Mi immedesimo nella protagonista, tra le braccia di un uomo fantastico come Johnny Depp che piano piano mi spoglia, mi accarezza e mi ama con infinita dolcezza.

Mi chiedo quando arriverà il mio momento, quello vero, chi sarà il primo, se sarà la persona giusta, se sarà bello fare l'amore, come si vede nei film, come lo immagino nelle storie che inventiamo io e Kristal, o se farà male la prima volta, come ho sentito dire. Sul sesso si sentono dire un sacco di cose. Però non te le spiega mai nessuno.

– ... e raggiungiamo l'orgasmo insieme, urlando di piacere, – conclude il racconto Kristal.

– È proprio cosí? – le chiedo un po' perplessa.

– Cosa?

– L'orgasmo. Davvero si urla?

– Be', dipende... non è obbligatorio.

Continuo a essere perplessa. – Ma com'è? Cosa si prova esattamente?

– È un piacere indescrivibile, non si può spiegare...

Non me lo spiega neanche la mia migliore amica.

Posso solo provare a immaginare.

CAPITOLO VENTITREESIMO

– Le soluzioni di un'equazione di secondo grado dipendono dal valore del discriminante, cioè del delta. In particolare il segno del delta ci dice se le soluzioni sono reali o complesse e, nel primo caso, se sono distinte o coincidenti... Pronto? Ci sei? Sei connesso?

– Piú o meno... – rispondo a Vito. Queste equazioni di secondo grado mi stanno facendo impazzire. Prevedo un altro quattro nel prossimo compito in classe di matematica. Continuo a distrarmi, ci sono troppe bambole che mi fissano in questa camera, e ce n'è pure una che mi ricorda Viola. Le colleziona il fratellino di Vito, con cui è costretto a dividere la stanza; ha sei anni e nessun interesse per trenini, macchinine, pistole o altri giochi da maschio. Vito è sicuro che diventerà gay. – Scusami, ma non riesco a concentrarmi, – aggiungo.

– Fammi indovinare: stai pensando a Viola.

– Indirettamente...

– Ma perché non glielo dici che ti piace? Prima avevi la scusa che era fidanzata, ma adesso cosa te lo impedisce?

– Sto aspettando il momento giusto.

– Balle. Secondo me hai paura di sentirti dire di no.

– A nessuno piace sentirsi dire di no.

– Be', io per esempio me ne frego. Mica ho paura, io:

cerco, chatto, esco, provo. E se non è Claudia sarà Federica.

– Per me Viola non è come Federica. Viola è Viola. E non voglio di meno.

– Se ci tieni cosí tanto prenditela, questa Viola. Lanciati, buttati!

– Non ho un paracadute.

– Telefonale adesso!

– Non ho neanche il suo numero di telefono...

– Me lo faccio dare da Kristal.

– Ma non vi eravate lasciati?

– Che c'entra? Siamo rimasti amici.

Non mi lascia il tempo di pensarci. Le manda un messaggio e poco dopo un perforante doppio *beep* annuncia la risposta.

A questo punto, non posso piú tirarmi indietro. Quella pettegola di Bambolina avrà già informato la sua amica del cuore e ora Viola si aspetta la mia telefonata. Compongo il numero. Linea libera. Lei risponde al secondo squillo.

– Ciao, Viola, sono ehm, Daniele.

Ah, ciao Daniele, Kristal mi ha detto che mi avresti chiamata...

– Ehm, sí, infatti, perché ti volevo chiedere se martedí dobbiamo consegnare il bozzetto a Bonelli, perché sto studiando matematica e sono un po' indietro...

Intanto Vito mi sta facendo ampi gesti di incoraggiamento.

– No, tranquillo, – risponde lei, – è da consegnare a fine mese.

– Ah, meno male, scusa, ma non mi ricordavo, allora ti ho telefonato... comunque, come stai?

Vito continua a distrarmi. Mi sta facendo segno di stringere e di venire al sodo, e mi ha già fatto perdere il filo del discorso. – Per cui, come stai?

– Sempre bene.

– Te l'ho già chiesto, vero? Sí, te l'ho già chiesto, è che volevo essere sicuro... Senti, pensavo... non è che, per caso, ti andrebbe di uscire con me, cioè non domani, quando vuoi tu...

Il mio amico solleva il pollice entusiasta. Poi prende una bambola gigante di suo fratello, le apre le gambe e comincia a mimare l'atto sessuale muovendo il bacino avanti e indietro.

– Volentieri, – mi dice la voce di Viola.

– Va be'... grazie lo stesso, – le rispondo, mentre Vito si diverte a mettere due Barbie in tutte le posizioni del Kamasutra.

– Ma ti ho detto di sí...

Mi ha detto di sí?!

– Pronto, Daniele, ci sei?

Impiego qualche secondo a realizzare che sta succedendo per davvero. Devo avere la faccia sconvolta perché Vito ha smesso di fare i suoi numeri e mi guarda con l'espressione interrogativa.

Mi riprendo in tempo per rispondere: – Allora se vuoi possiamo vederci martedí, dopo la scuola...

Viola accetta, salutandomi allegramente.

Chiudo la comunicazione in stato di estasi, mentre le Barbie manovrate da Vito riprendono il loro amplesso in un crescendo sempre piú selvaggio che si conclude con un orgasmo esplosivo.

CAPITOLO VENTIQUATTRESIMO

Non ero mai stata alla Birreria dello Studente, frequento poco questo genere di locali, li trovo troppo rumorosi, ma Kristal ci teneva a venire perché ha sentito dire che è un ottimo terreno di caccia per rimorchiare i ragazzi.

Ci siamo sedute vicino alla porta d'ingresso, cosí possiamo goderci la sfilata dei tipi che entrano; ci divertiamo a commentarli uno per uno, gli diamo anche i voti e poi ridiamo a crepapelle. Io e Kristal abbiamo gusti completamente diversi; è quasi matematico: quelli che piacciono a lei non piacciono a me, e infatti non abbiamo mai litigato per un ragazzo.

– Che ne dici di quello che sta entrando adesso? – mi chiede. – Io gli darei almeno un sette e mezzo.

– Quale? Quello ricciolutto con la parrucca o quello alto con i piedi lunghi?

– Intendevo il ricciolino, secondo me ha dei capelli stupendi... E comunque lo sai, vero, che chi ha i piedi lunghi...

– ... fa fatica a trovare un paio di scarpe numero 48?

Kristal assume il suo speciale tono didattico. – Ti devo sempre spiegare tutto. Chi ha i piedi lunghi... ha anche il coso lungo!

Arrossisco violentemente. – Parla piano! – sibilo. – E dove l'hai sentita questa cavolata?

– Non è una cavolata, è scientificamente provato! L'ho letto su Internet, ci sono persino le tabelle con le corrispondenze in centimetri.

– Kristal, sei un'ingenua, non puoi credere a tutto quello che leggi su Internet, in rete girano un sacco di informazioni sbagliate.

– Cosa prendete?

Eravamo talmente immerse nella nostra conversazione a luci rosse, che non ci siamo accorte dell'arrivo della cameriera. Che tra l'altro conosco bene: è la mia compagna di classe Francesca Ferrandi.

– Ciao! – esclamo, un poco stupita di vederla qui. Non sapevo che lavorasse in birreria. Non ne ha mai parlato a scuola. A dire il vero, lei a scuola non parla mai di niente, nessuno nella nostra classe la conosce bene. – Ma... lavori qui? – le chiedo.

– Tu che dici?

Arrossisco di nuovo. – Hai ragione, ti ho fatto una domanda stupida... – farfuglio.

– Sí, lavoro qui quattro volte alla settimana, dalle sette del pomeriggio alle due di notte.

– Ah... e come fai con la scuola, e i compiti... – Ecco, mi è venuta fuori la seconda domanda stupida.

– Mi arrangio. Cosa vi porto?

– Scusa, non volevo farti perdere tempo... – le dico, notando che i tavoli sono pieni di gente in attesa di ordinare.

Francesca annota le ordinazioni con gesti meccanici e sparisce alla nostra vista.

– Spinosa, la tua compagna... – mi fa notare Kristal. – E

come cavolo fa a vederci con quel ciuffone davanti agli occhi?

– E tu come fai a camminare sulle tue zeppe da dieci centimetri?

– Io sono un'equilibrista, – ribatte convinta. – E con Daniele come va? – mi chiede. – Uscite sempre insieme?

– Sí, ci vediamo spesso.

– Vi siete baciati?

– No!

– Come no? È da un mese che vi vedete... cosa fate tutto il tempo?

– Parliamo.

– Parlate... e basta? Chissà che noia. E dove andate?

– Be', andiamo in giro, passeggiamo...

– Parlate e passeggiate. Che vita spericolata! E quando sarete pensionati che farete? Le mummie?

– Kristal, con un ragazzo non si esce solo per fare sesso. Io sto bene con lui, mi diverto, mi fa ridere, è dolce...

– Mi stai parlando del tuo ragazzo o di Winnie the Pooh?

– Non è il *mio* ragazzo! Siamo solo amici, abbiamo un sacco di interessi in comune, il cinema, l'arte, la lettura...

– Sí, sí, *solo amici*, – mi fa il verso lei. – E intanto quando ne parli ti brillano gli occhietti.

Francesca è tornata con una coca piccola e una birra grande. Meno male che ci ha interrotte, Kristal mi stava mettendo in difficoltà con il suo interrogatorio di terzo grado.

E poi non è vero che mi brillano gli occhi quando parlo di Daniele. Come al solito la mia amica esagera.

Però, se Daniele è solo un amico, come mai mi sono trovata in difficoltà?

Kristal propone un brïndisi. – Brindiamo alle passeggiate amorose!

Protesto, ma brindo lo stesso.

Prima di andare via, intravedo Francesca che corre da un tavolo all'altro.

Cerco il suo sguardo. La saluto agitando la mano e lei mi ricambia con un'espressione molto simile a un sorriso.

CAPITOLO VENTICINQUESIMO

La prima volta che ho dato un bacio avevo dodici anni. È successo durante la festa di compleanno di un mio compagno, in seconda media; gli invitati erano una ventina, piú maschi che femmine, e tra le poche ragazze ne avevo notata una che mi piaceva, credo fosse la cugina del festeggiato, si chiamava Mara.

La prima parte della festa non era stata particolarmente entusiasmante. Le solite cose, ci eravamo ingozzati di pizzette, qualche coraggioso si era arrischiato a ballare, avevamo fatto scherzi telefonici, giocato a nascondino, e c'era stata una sfida tra Vito e un altro per chi riusciva a mettere in bocca piú patatine (e naturalmente aveva vinto Vito).

Dopo qualcuno aveva proposto il gioco della bottiglia. Subito le femmine erano esplose in gridolini scandalizzati rifiutandosi di partecipare, ma era solo scena, in fondo in fondo anche loro volevano pomiciare. Solo che si vergognavano di farlo davanti a tutti. Cosí avevamo deciso che la pomiciata sarebbe avvenuta in un luogo privato e, per farle stare ancora piú tranquille, buio. Dentro un ripostiglio nel sottoscala. Ci eravamo seduti in cerchio sul pavimento, avevamo messo al centro una bottiglia di coca-cola ancora mezza piena e avevamo dato il via al gioco.

All'inizio nessuno osava andare oltre una carezza o un casto bacio sulla guancia. Ma poi l'atmosfera aveva iniziato a scaldarsi e la posta in gioco si era alzata. Si era passati al bacio sulle labbra e quindi al bacio con la lingua. Non avendo mai baciato prima, ero stato assalito alla gola dall'ansia da prestazione: da una parte ero curioso, dall'altra temevo di non essere all'altezza della situazione. Quando è stato il mio turno di far girare la bottiglia, mi sono concentrato intensamente, sperando che al termine della rotazione indicasse Mara. Invece si era fermata in corrispondenza della mia compagna Giovanna Comencini, una tipa insignificante alta venti centimetri piú di me.

Ho dato il mio primo bacio in punta di piedi, nel buio di uno sgabuzzino, circondato da bottiglie di conserva di pomodoro. L'ansia da prestazione è svanita nel momento in cui ho schiuso le labbra: ho seguito il mio istinto e il resto è venuto da sé. Il sapore era di patatine alla paprika. Non è stato un bacio romantico, né appassionato, tanto meno eccitante. Ho soltanto pensato: «Tutto qui?».

Però, uscito dallo sgabuzzino, mi sono sentito dieci centimetri piú alto di quando ero entrato.

CAPITOLO VENTISEIESIMO

Il lunedí mattina la settimana scolastica inizia nel peggiore dei modi: due ore di inglese con la professoressa Celuzzo, l'insegnante piú antipatica dell'intero corpo docente. Di solito entra in classe dieci minuti dopo il suono della campanella, se la prende con comodo, attardandosi in sala insegnanti per spettegolare con qualche collega.

In attesa del suo arrivo, gli alunni piú assennati ripassano sottovoce, mentre quelli che non hanno fatto i compiti si affrettano a copiarli da qualche compagno di buon cuore.

– Mi fai copiare la traduzione?

Però non tutti hanno buon cuore. – No, mi dispiace.

Ha la faccia stravolta Francesca, gli occhi cerchiati da occhiaie profonde. – Te lo chiedo per piacere, la Celuzzo mi becca di sicuro oggi...

Ma Giorgia Conte, l'unico nove in inglese della classe, non cede. – Perché non te li fai da sola, i compiti?

– Ho avuto degli impegni... – si giustifica Francesca, in tono umile.

– Peggio per te, allora, – risponde acida l'altra.

A queste parole, l'umiltà di Francesca si trasforma in rabbia. – Cos'hai mangiato a colazione? Yogurt scaduto?

– Ti posso prestare il mio quaderno, se vuoi... – mi intrometto io.

Ferrandi prende il quaderno dalle mie mani senza ringraziare. Non c'è il tempo, la Celuzzo sta arrivando, il rumore inconfondibile dei suoi tacchi che martellano il pavimento si sente sempre piú vicino. Dopo pochi secondi entra in aula, l'espressione composta, il registro blu sottobraccio. Ci saluta con un formale buongiorno, sedendosi alla cattedra per fare l'appello: quattro assenti, probabilmente rintanati al bar dell'angolo; entreranno alla terza ora, a pericolo scampato.

Controllo Francesca con la coda dell'occhio, sta copiando freneticamente dal mio quaderno nascosto sotto il banco, spero che me lo restituisca in tempo, anch'io rischio l'interrogazione stamattina.

La Celuzzo scorre i nomi sul registro, controllando con il righello chi è già stato interrogato, quindi emette la sentenza: – Conte.

Mentre Giorgia sciorina verbi irregolari come se fossero canzoncine di Natale, Francesca mi allunga fulminea il quaderno. Dura poco l'interrogazione di Conte, che torna al posto con il nove d'ufficio e la bocca storta in una smorfia di superbia.

Di nuovo, la Celuzzo scorre l'elenco degli alunni. – Ferrandi.

Prima di alzarsi, Francesca mi lancia un'occhiata preoccupata. Le sorrido incoraggiante, preparando il libro aperto per suggerirle in caso di necessità. La professoressa le controlla scrupolosamente i compiti, in cerca di qualche buon motivo per sgridarla; lo trova nella calligrafia poco curata. Poi le chiede di tradurre un pezzo del brano assegnato per casa. Francesca ha buona memoria, perché traduce spedita, ripetendo quasi alla perfezione le parole che ha copiato da me. La professoressa le fa ancora un paio di domande stanche, chissà da quanti anni le tocca fare le stesse domande, e chissà quante volte avrà già sentito le stesse risposte, che mimo con le labbra in favore della mia compagna; lei coglie al volo i miei suggerimenti e a modo suo riesce a cavarsela, strappando un sei scarso che poteva essere un sette, se solo la Celuzzo fosse stata meno avara.

Piú tardi, durante l'intervallo, Francesca viene da me.

– Ti va una sigaretta?

– Non fumo, ma ti faccio compagnia volentieri, – le rispondo.

Usciamo nell'aria primaverile del giardino che circonda la scuola, c'è un poco di vento, ma è un vento tiepido, che fa bene alla pelle. Francesca accende la sigaretta, mettendo le mani a coppa intorno all'accendino per evitare che si spenga. – Be', grazie... Se non fosse stato per te, mi sarei beccata un'insufficienza.

– Di niente... È stata avara la Celuzzo, la tua interrogazione valeva piú di sei.

– È dall'inizio dell'anno che ce l'ha con me, quella.

Soffia fuori una boccata di fumo che subito si confonde nel vento.

Restiamo in silenzio qualche istante. Penso a qualcosa da dire. – Comunque sei brava a scolpire... io ti ammiro.

– Peccato che in tutte le altre materie faccio schifo, – ribatte, e la conversazione cade nuovamente nel vuoto.

I suoi piercing sotto le labbra continuano ad attirare il mio sguardo: è la prima volta che li osservo da vicino, e mi fanno un po' senso.

Me lo legge in faccia. – Non ti piacciono i miei piercing?

– No, cioè... a te stanno bene... Io non potrei mai farmi un piercing, mia madre mi ucciderebbe!

– La mia non se n'è neanche accorta.

Aspira un'altra boccata di fumo, la fronte corrugata, chiudendosi ancora una volta nel silenzio. Meno male che ha quasi finito la sigaretta. Inizio a sentirmi in imbarazzo.

– È da tanto che lavori in birreria? – provo a domandarle.

– Da un anno. La prossima volta che vieni, te la offro io la birra.

– Va bene lo stesso una coca? Non bevo alcolici.

Francesca scoppia in una risata improvvisa. – Sei proprio un esemplare raro, tu, appartenente alla specie in via di estinzione delle brave ragazze: arrossisci, non fumi, non bevi, fai i compiti di inglese... E scommetto che sei anche vergine...

Ovviamente arrossisco.

– ... pura come un fiorellino di campo... – aggiunge.

– Mi chiamo Viola, infatti! – le rispondo un po' seccata. Detesto essere definita una brava ragazza. Anzi, detesto essere definita. Odio le etichette.

Francesca sorride, scuotendo la testa. E il suo non è un sorriso sarcastico, ma solo triste. – Be' Viola, non so se ti conviene fare amicizia con me. Sono un cattivo soggetto. Potrei portarti sulla strada sbagliata.

– Grazie dell'avvertimento, lo terrò a mente. È ora di rientrare. Il prof di pittura si arrabbia se arriviamo in ritardo.

Scendere nei sotterranei della scuola mi mette addosso una certa inquietudine, specialmente quando mi capita di incrociare il bidello che si occupa di questo piano. È un tipo sinistro, con l'espressione sempre torva e lo sguardo carico d'odio verso gli studenti che, per ricambiare la sua simpatia, lo hanno soprannominato Voldemort. Nessuno l'ha mai sentito parlare, si vocifera che sia addirittura muto, su di lui si narrano storie talmente terribili che mi rifiuto di crederci.

Mentre ci incamminiamo verso l'aula di pittura, io e Francesca siamo costrette a passargli accanto. È arrampicato su una scala di legno, intento a riverniciare un muro sul quale risalta una frase volgare scritta con la bomboletta spray. Tanto è solo lavoro inutile, non appena l'avrà terminato, qualcuno imbratterà di nuovo la parete per fargli un dispetto. Affrettiamo il passo, svoltando l'angolo del corridoio; entriamo in classe giusto in tempo per l'inizio della lezione. Oggi dipingiamo con gli acquerelli, dobbiamo riprodurre dal vero una composizione di fiori che il professore ha messo in bella mostra su un ripiano al centro dell'aula. Questo genere di esercizi mi deprime, le nature morte mi fanno venire la tristezza. Il tempo passa con lentezza esasperante e, dopo mezz'ora di noia, decido di concedermi una pausa. Prendo il cellulare dalla tasca del grembiule e mando un messaggio a Daniele.

Che fai? Io dipingo fiori agonizzanti :-(

Lui mi risponde subito:

Combatto coraggiosamente contro un'equazione, ma sta vincendo lei :-(Ho voglia di vederti.

Digito il secondo messaggio, cercando di non farmi beccare dal professore.

Vieni a trovarmi? :-)

Risposta:

Arrivoo! :-)

Alzo la mano, chiedendo il permesso di andare in bagno. Daniele mi raggiunge davanti all'aula nel giro di un minuto. Appena lo vedo, il mio cuore salta un battito. Negli ultimi tempi, il mio corpo mi sorprende quando sto con lui.

Mi dà un bacio sulla guancia, ha il fiato corto, deve aver fatto una corsa per venire da me. Indossa una maglietta nuova, rossa, a lui che è moro sta bene il rosso... gli sta bene davvero... e non mi ero mai accorta della piccola cicatrice che ha sul sopracciglio destro... gli sta bene anche quella...

– Posso stare poco, – mi dice. – Abbiamo il compito in classe.

– Ma allora non era il caso che venissi...

– Te l'ho detto: avevo voglia di vederti.

Poi succede tutto in fretta. Un gruppetto di studenti svolta nel corridoio di corsa; qualcuno lancia verso di noi una bomboletta spray che Daniele prende al volo d'istinto per evitare che mi colpisca; pochi secondi e anche Voldemort gira l'angolo, gli occhi che sputano fiamme.

– Scappa, Viola! – mi dice Daniele, lasciando cadere la bomboletta e afferrandomi la mano.

Scattiamo in avanti, confondendoci nel gruppo dei veri colpevoli. Corriamo a perdifiato, percorrendo il corridoio fino in fondo, dove gli altri deviano a sinistra, mentre Daniele mi trascina a destra; ci ritroviamo in una zona della scuola che non conosco, davanti a noi c'è una porta, proviamo a spingerla, è aperta, ci fiondiamo dentro, la richiudiamo alle nostre spalle.

Siamo finiti in una sala buia e polverosa. Intorno intravediamo scaffalature zeppe di fascicoli e cartelline; ci sono anche vecchie sculture e tele dipinte dagli studenti che hanno frequentato questo liceo in precedenza. Deve essere l'archivio della scuola. Rimaniamo in ascolto. Silenzio. Voldemort probabilmente ha seguito gli altri. Trattengo il respiro. Sono terrorizzata all'idea che possa stanarci.

– Sai che cosa ho sentito su Voldemort? – mi dice piano Daniele.

– No, e non lo voglio sapere! – sibilo io.

– Dicono che non esiste. È solo un fantasma...

Un lungo brivido mi corre lungo la schiena. – Smettila, ti ho detto che non lo voglio sapere...

Daniele si avvicina ancora di piú a me, mettendomi con le spalle al muro. Mi guarda dritto negli occhi. La sua bocca è a pochi centimetri dal mio collo, posso sentire il suo fiato tiepido che mi sfiora la pelle. – Una notte lo hanno visto con una pala, era in giardino, stava scavando una buca...

– Ti prego, basta, mi stai facendo paura...

La sua voce adesso diventa un sussurro. – La smetto soltanto se mi dai un bacio...

Anche la mia voce è un sussurro. – Ma è un ricatto...

– Uno studente è sparito... Dicono che sia stato Voldemort a...

Gli tappo la bocca con un bacio. Mi stacco subito, stupita della mia stessa azione. Solo per un attimo. Lui mi prende il viso tra le mani e le nostre labbra si uniscono di nuovo, schiudendosi, la sua lingua cerca la mia, le nostre lingue si sfiorano, si trovano, si avvolgono in un morbido movimento caldo che mi inonda di dolcezza.

Chiudo gli occhi e mi dimentico della paura.

CAPITOLO VENTISETTESIMO

È la prima volta che Viola mi invita a casa sua. Varcare il confine della sua stanza mi riempie di emozione, essere accolto nel suo regno, in mezzo ai suoi oggetti che mi parlano di lei, la collezione di orecchini in una bacheca di vetro, i peluche, i libri che ha letto, le fotografie alle pareti, le cartoline che mi raccontano dei suoi viaggi, la scrivania dove studia, il letto in cui dorme tutte le notti... Mi guardo intorno pieno di curiosità per il suo mondo ancora da scoprire, giorno dopo giorno, in ogni istante che passeremo insieme, stupito e grato per avere ricevuto il permesso di entrare.

– Le hai scattate tu queste fotografie? – le chiedo, osservando una serie di immagini piuttosto particolari.

– Sí. Ti piacciono?

Le osservo con attenzione, una per una; il soggetto è sempre lo stesso, ma declinato in modi differenti: piedi piccoli di bambini, piedi di donna con lo smalto colorato, piedi che affondano nella sabbia, piedi nudi che danzano sul pavimento a lume di candela, piedi di calciatori che rincorrono la palla, che calzano scarpe con il tacco a spillo, che scendono scale o saltano sull'erba e ancora piedi di corridori, di eleganti uomini d'affari, di casalinghe in ciabatte...

– Mi piacciono molto, è un'idea originale. Come ti è venuta?

– Non saprei. Forse ho deciso di fotografare i piedi degli altri perché odio i miei.

– Davvero?

– Sono orrendi, tozzi e con le dita corte e cicciottelle come salsicciotti.

– Bugiarda, – rido. – Scommetto che sono piú delicati di quelli di una fata.

– Magari... E i tuoi come sono? – mi domanda.

Non me lo sono mai chiesto prima d'ora. – Normali, credo...

– Poseresti per me?

– Io? Be'... perché no? Se me lo chiedi in nome dell'arte...

– Allora devi toglierti le scarpe.

La sua richiesta mi coglie di sorpresa. Esito.

– Ti vergogni? – mi provoca, con un sorriso malizioso sulle labbra.

Sí, mi vergogno.

Non avevo mai considerato i piedi come una parte intima del corpo. D'estate, per esempio, indossare un paio di infradito o girare in spiaggia a piedi nudi è perfettamente naturale. L'imbarazzo si prende gioco di te quando arriva il momento di mostrare il tuo corpo a una persona che ti piace, specialmente se la persona in questione ti piace molto. E l'unico modo per vincerlo è passarci sopra come un carroarmato.

Cercando di darmi un contegno, mi tolgo le scarpe.

– Anche le calze, – aggiunge Viola, sempre piú divertita.

Deglutisco ma obbedisco all'ordine.

Lei scruta le mie nude estremità con occhio professionale. – Perfetti. Sono proprio i piedi che stavo cercando, – commenta soddisfatta. – Stenditi sul letto.

La frase: «Stenditi sul letto», pronunciata all'imperativo con la sua voce calda e morbida, mi provoca un'erezione istantanea e indomabile che decuplica la mia vergogna. Non mi stendo sul letto, mi lancio sul letto nel goffo tentativo di nascondere il rigonfiamento che è esploso sotto i pantaloni.

Lei per fortuna è distratta. Fruga nel cassetto della sua scrivania e prende un pennarello nero, di quelli indelebili.

– Soffri il solletico? – mi chiede.

– Che intenzioni hai?

– Nessuna intenzione pericolosa. Devi solo resistere.

Toglie il tappo con uno schiocco e inizia a disegnare qualcosa di misterioso sui miei polpastrelli. Dopo quattro secondi, il solletico mi costringe già a ridacchiare.

– Resisti... – mi incoraggia lei.

Sarei proprio curioso di domandarle cosa sta combinando con quel pennarello, però non riesco nemmeno a parlare. Meno male che il supplizio dura solo qualche minuto. Quindi Viola recupera la macchina fotografica, piegandosi sulle ginocchia per inquadrare il soggetto.

– Non ti muovere... – mi raccomanda, prima di iniziare a scattare.

Svolge il suo lavoro con la massima concentrazione, come una vera professionista, eseguendo una decina di scatti, mentre io me ne sto supino e immobile a fissare il soffitto.

– Sei libero! – esclama finalmente.

Mi metto a sedere sulla sponda del letto. – Adesso si può ammirare l'opera dell'artista?

– Certo, – mi sorride lei, mostrandomi gli scatti nel monitor della macchina fotografica.

Scoppio a ridere nel vedere le dita dei miei piedi trasformate in faccine buffissime atteggiate in dieci diverse espressioni. La mia preferita è quella arrabbiata, con la bocca che urla e i capelli elettrici.

– Se ridi, vuol dire che l'idea funziona, – commenta soddisfatta Viola.

Anche a me è venuta un'idea. – E tu lo soffri il solletico?

– Da morire!

– Allora dovrai subire la mia vendetta!

Viola tenta la fuga ma io sono piú veloce di lei; la prendo per i fianchi e le faccio il solletico sul collo, sulla pancia, sotto le ascelle, dappertutto, costringendola a ridere fino alle lacrime; lottiamo, rotolandoci avvinghiati, lei mi chiede pietà e poi il solletico si trasforma in carezze, e con le carezze nascono i baci. Ci baciamo distesi sul letto, ci baciamo a lungo, senza prendere fiato, non riesco a smettere di baciarla, ho una sete che non si spegne neanche bevendo dalle sue labbra e ho paura di smettere, di svegliarmi da un sogno che ho sognato per troppo tempo, e di scoprire che tutto questo non è vero.

CAPITOLO VENTOTTESIMO

Zia Stella mi ha chiesto di accompagnarla a fare shopping. Abbiamo setacciato la città alla ricerca di un paio di scarpe immaginarie che esistono solo nella sua fantasia, e che quindi non ha trovato. In compenso, a me ne ha regalate ben due paia e quando la mamma le vedrà borbotterà di sicuro che continua a viziarmi, che mi regala solo roba superflua, che le scarpe dell'anno scorso andavano ancora benissimo, eccetera eccetera.

Verso le cinque, ci fermiamo a bere un tè in un bar del centro che ha una saletta dove si può chiacchierare gustando anche qualche pasticcino. Zia Stella mi spiega che a Londra il tè delle cinque è un'abitudine; lei va spesso a Londra, dato che ci abita il suo fidanzato. Anche lui è un fisico, si sono conosciuti quattro anni fa a un convegno internazionale sui mulini a vento e da allora vivono una storia d'amore intensa e travagliata in cui si prendono e si lasciano di continuo, litigando perché nessuno dei due vuole andare a vivere nel paese dell'altro. Mi racconta che si sono appena riappacificati dopo l'ennesima separazione e che per festeggiare si sono concessi una vacanza in Patagonia.

Mi piace ascoltare i racconti della zia, la sua vita è cosí avventurosa, e poi è una donna dalla mentalità aperta, mica come mia madre, che è rimasta ferma al Medioevo. E soprattutto mi piace parlare con lei: quando ho le idee confuse, riesce sempre a darmi il consiglio giusto.

– Zia... posso farti una domanda?

– Anche due!

– Tu, a quanti anni... lo hai fatto... per la prima volta?

– Fatto cosa? – mi chiede con la faccia da finta tonta.

– Zia, non prendermi in giro, hai capito benissimo.

La sua espressione diventa seria. – Perché me lo chiedi?

– Perché tutte le mie amiche lo hanno già fatto e io...

– ... e tu ti senti «indietro»?

– In un certo senso... Mi chiedo qual è l'età giusta per farlo e come si fa a capire qual è la persona giusta. Sono stata insieme a un ragazzo piú grande, credevo di essere innamorata e credevo che anche lui lo fosse e stavo per fare l'amore con lui, invece era solo un cretino, per fortuna l'ho scoperto in tempo, altrimenti me ne sarei pentita amaramente e io non so se riuscirò ancora a fidarmi di qualcuno...

– Frena, frena! Mi stai dicendo troppe cose insieme. Procediamo con ordine. Innanzi tutto non esiste «l'età giusta» per fare l'amore la prima volta. Ognuno deve farlo quando si sente pronto, senza farsi condizionare da niente e da nessuno, né dalle amiche che si vantano delle loro prodezze, né da un ragazzo che preme per affrettare i tempi; perché se non rispetta i tuoi tempi, non vuole te, vuole solo fare sesso con te. E fare sesso e fare l'amore sono due cose completamente diverse.

– Come posso avere la certezza che l'altra persona è sincera?

– Viola, un margine di rischio ci sarà sempre. Non potrai mai sapere con certezza se è proprio quello il ragazzo giusto, nessuno può dirti se la vostra storia finirà dopo una settimana o se sarà l'uomo della tua vita. Anzi, a essere sincera fino in fondo, probabilmente non lo sarà: crescendo le persone cambiano, soprattutto alla tua età, e con le persone cambiano i sentimenti, e gli amori finiscono. Quello che conta è amarsi in quel momento, nel momento che avete scelto di condividere insieme. L'importante è che ci sia rispetto, non solo verso l'altro, ma soprattutto verso se stessi. Tu sola puoi decidere chi ha il permesso di baciarti sudata o di accarezzare le parti piú segrete del tuo corpo. E un ragazzo che ti rispetta il permesso lo chiede.

– Ma io come faccio a sapere se sono pronta davvero?

– Ascolta il tuo corpo, le tue sensazioni, cerca di capire se sono messaggi di piacere o segnali di malessere. Se il tuo corpo dice no, vuol dire che non è pronto. Mente e corpo ti devono dire la stessa cosa.

Bevo un sorso di tè, riflettendo sulle parole della zia. In teoria, parole sagge e razionali. Peccato che, nella pratica, razionalità e sentimenti non sempre vanno a braccetto.

– Stai tranquilla, – mi rassicura la zia, notando la mia fronte corrugata. – Quando arriverà il momento giusto, non avrai bisogno del libretto delle istruzioni. Accadrà tutto spontaneamente.

– Lo spero.

– Esci stasera? – mi domanda.

– Sí, esco con un ragazzo.

– Ah-ah! Posso sapere chi è il fortunato che ha l'onore di uscire con la mia nipotina preferita?

– Si chiama Daniele, viene a scuola con me, usciamo insieme da piú di un mese.

– È carino?

– Molto. Non è stato un colpo di fulmine. Mi ha conquistata giorno dopo giorno, e piú lo conosco, piú mi piace. Con lui mi sento a mio agio. Mi fa stare bene.

La zia mi guarda con tenerezza. – È il minimo che ti meriti.

Abbiamo fatto una passeggiata fino al parco dove venivo a giocare da piccola; mi ci portava mia madre di sabato pomeriggio, per me è un posto pieno di ricordi e volevo che lo vedesse anche Daniele. A quest'ora però non si può entrare, dopo le otto di sera i cancelli vengono chiusi per motivi di sicurezza. Sbirciamo attraverso le sbarre, ma con il buio non riusciamo a vedere quasi niente.

– Potremmo scavalcare, – azzarda Daniele.

– E se ci beccano?

– Figurati! Non c'è un'anima in giro.

– Ma ho la gonna, come faccio?

– Ti aiuto io.

Costeggiamo il perimetro del parco in cerca di un appiglio per passare dall'altra parte. Individuiamo un albero i cui rami sporgono oltre il cancello. Daniele mi fa salire sulle sue spalle dalle quali è facile passare sul tronco; rimango appollaiata in mezzo alle foglie, mentre lui scavalca il cancello senza difficoltà, saltando sul prato.

– Adesso devi saltare anche tu. Non avere paura, ti prendo al volo, – mi dice, e intanto spia le mie mutandine.

– Smettila di guardarmi sotto la gonna!

– Non ti sto guardando sotto la gonna, – mente spudoratamente.

– Allora girati!

– Ma se mi giro come faccio a prenderti? Conto fino a tre, okay? Al mio tre, devi saltare: uno, due...

Al tre mi lancio in volo, sperando di non rompermi l'osso

del collo. Atterro tra le braccia di Daniele, che crolla a terra schiacciato dal mio peso; ci rotoliamo abbracciati nell'erba umida, miracolosamente incolumi, approfittando della vicinanza per scambiarci un bacio fugace. Poi ci addentriamo nel parco con la sensazione di essere gli unici padroni di questo luogo, camminando mano nella mano lungo il vialetto principale; intorno a noi c'è solo il silenzio e il profumo dei primi fiori d'aprile.

Raggiungiamo l'area giochi, non è cambiata molto da quando ero piccola, c'è ancora la stessa altalena da cui una volta sono caduta procurandomi un taglio sulla fronte, la moto a molla dove mi ostinavo a salire litigando con i bambini che pretendevano fosse solo per i maschi, la palestrina con la rete di arrampicata che mi sembrava un'impresa impossibile, la giostra che mi faceva venire la nausea e il castello di legno con gli scivoli. Il castello era il mio preferito, mi piaceva salire sulla piattaforma superiore per affacciarmi a osservare il mondo dall'alto. Racconto questo e altro a Daniele, che mi ascolta curioso, ridendo delle mie tragicomiche avventure infantili.

– Vedi quel cespuglio? Lí dietro ho visto per la prima volta il... coso di un maschio. Me l'ha mostrato un mio amichetto di cinque anni.

– E scommetto che tu sei scappata dalla mamma piangendo.

– No, no! Io l'ho esaminato per bene!

Saliamo sulla piattaforma del castello tra le due torrette laterali. È abbastanza spaziosa per accoglierci entrambi. Improvvisiamo un cuscino con i nostri giubbotti e ci stendiamo vicini. Il desiderio di stare vicini aumenta ogni volta che ci vediamo; trovo posto nel suo abbraccio accogliente che mi fa sentire protetta e coccolata come quando ero bambina.

Tocca a me ascoltarlo: mi parla della sua infanzia poco felice, del divorzio dei genitori, della sua famiglia, del padre che vede solo due volte al mese e del nonno che vive in una casa al mare. – Io e mia madre ci trasferiamo a casa del nonno tutte le estati. Non ti immaginare una villa, è una casa modesta, però è a due passi dal mare... Ti piace il mare?

– Tantissimo, mi piace soprattutto nuotare, fosse per me starei sempre in acqua.

La sua voce si accende di entusiasmo. – Allora quest'estate potresti venire a trovarmi! Abbiamo anche una stanza per gli ospiti, dalla finestra si vede la pineta, mio nonno è troppo simpatico e mia nonna è bravissima a cucinare il pesce, se vieni ci divertiamo...

Penso che sarebbe bello. Ma penso anche che l'estate è ancora lontana. Non me la sento di fare castelli in aria per il futuro. Mi sono già illusa una volta e non voglio piú confondere i desideri con la realtà. – Mi piacerebbe, solo che... non so se i miei mi lascerebbero. E poi io e te non ci conosciamo ancora abbastanza...

Un lampo di delusione gli attraversa lo sguardo. Ma non si arrende. – Potrebbe essere un'opportunità in piú per conoscersi. Non vorrai mica lasciarti sfuggire l'occasione di vedermi in costume da bagno!

Rido, e intanto provo a immaginare Daniele con il costume da bagno: da quel poco che ho potuto intravedere sotto i vestiti (e toccare sopra i vestiti), non dev'essere niente male. Questo pensiero mi provoca uno sfarfallio nella pancia che mi fa venire voglia di baciarlo.

C'è ancora tempo, prima che arrivi l'estate.

Il tempo di illudersi, o di provare a conoscersi.

CAPITOLO VENTINOVESIMO

Mio padre lo vedo due volte al mese, durante il weekend: il venerdí sera preparo il borsone e mi trasferisco a casa sua, dove rimango fino alla domenica.

Quando ero piccolo lo vedevo piú spesso, quasi tutte le settimane, ma via via che sono cresciuto i nostri incontri si sono diradati. Non aveva tempo, si giustificava, dovevo capire che i dentisti lavorano tanto, c'erano i convegni di aggiornamento, le riunioni con i colleghi, i pazienti da curare d'urgenza... Io però, nonostante fossi soltanto un bambino, lo sapevo che erano balle e che preferiva dedicare il suo tempo alla fidanzata di turno invece che a me.

Mio padre ha sempre avuto un debole per le donne, soprattutto quelle giovani, motivo per cui ha divorziato da mia madre. Non è capace di costruire una relazione stabile, ha troppa paura che crescere significhi invecchiare e, con ogni probabilità, rimarrà un vecchio adolescente per il resto dei suoi giorni. Se si è sposato, è stato soltanto per riparare un incidente di percorso. E quell'incidente sono io.

Oggi dovevamo andare allo stadio a vedere la partita, me l'aveva promesso. Solo stamattina ha trovato il coraggio di dirmi che è il compleanno della sua nuova fidanzata e che era stato invitato a pranzo dalla famiglia di lei. Mi ha chiesto di comprendere la situazione, non poteva rifiutare l'invito, altrimenti rischiava un litigio, e adesso che sono un uomo anch'io, certe cose sono in grado di capirle.

Cosí mi ritrovo a passare la domenica pomeriggio in solitudine, in questa casa che non ho mai sentito mia, anche se c'è una stanza tutta per me con la Playstation ultimo modello e un impianto stereo che farebbe invidia a un dee-jay professionista.

Mi annoio. Non ho portato neanche un libro. Provo a cercarne uno tra i pochi che legge mio padre; li tiene su uno scaffale in salotto, disposti in ordine di altezza, alcuni sono ancora avvolti nel cellophane. Li passo in rassegna: un trattato sull'anestesia, la storia del calcio, una raccolta di barzellette, un volume illustrato sugli orologi da polso, qualche best-seller... Scelgo un romanzo d'avventura ambientato in Egitto ma, nel prelevarlo dallo scaffale, mi accorgo di un libro nascosto dietro agli altri che si intitola *Il manuale del seduttore*. Il sottotitolo è ancora piú interessante: *Venti lezioni sul sesso per non fallire mai con le donne*. Rimetto a posto il romanzo, curioso di avventurarmi in ben altri territori sconosciuti.

Nel primo capitolo viene proposto un test per verificare il livello di preparazione iniziale del lettore. Provo a rispondere alle domande. Disastro totale: totalizzo quattro punti su venticinque. Avrei fatto meglio in un compito di matematica.

Passo al secondo capitolo, che promette di svelarmi i segreti di una sessualità straordinaria anche se, personalmente, sarei disposto ad accontentarmi di molto meno. Secondo l'autore del libro, il segreto fondamentale è sentirsi sexy, perché se ti senti sexy di conseguenza lo diventi. Il concetto di per sé non è sbagliato, molti grandi filosofi hanno sostenuto che ciascuno è ciò che pensa di essere. Mi chiedo se mi sento sexy: la risposta è no. Ripongo le mie speranze nel segreto successivo: mostrarsi sempre sessualmente sicuri di se stessi. Ma se non mi sento sexy e non ho nessuna esperienza, come posso mostrare quello che non sono e che non mi sento di essere?

Decido di lasciar perdere i segreti filosofici per passare a qualcosa di piú concreto. Salto il capitolo sulla preparazione dell'ambiente giusto e rivolgo tutta la mia attenzione alle posizioni dell'amore, spiegate e illustrate nel capitolo quattro. Guardare i corpi nudi di un uomo e di una donna che si uniscono nell'atto sessuale mi eccita e spaventa allo stesso tempo. Alcune posizioni sembrano relativamente semplici, per esempio quella classica «del missionario», in cui l'uomo sta sopra la donna, in mezzo alle sue gambe aperte. Altre invece sembrano richiedere doti acrobatiche e prestazioni da supermacho, come quella chiamata «la mela di Newton» in cui l'uomo tiene in braccio la partner sorreggendola per le natiche: per riuscire a metterla in pratica, come minimo dovrei frequentare un corso di sollevamento pesi.

Ma il capitolo che piú di tutti mi lascia perplesso è quello dedicato all'orgasmo femminile. Apprendo che ne esistono due tipi: clitorideo e vaginale. Il primo viene raggiunto attraverso la stimolazione del clitoride, un organo sensoriale simile a un bottoncino che si trova vicino all'apertura della vagina, dove convergono le piccole labbra. L'orgasmo vaginale, invece, si ottiene stimolando la vagina al suo interno: pare che esista un punto sensibilissimo, detto «punto G», che quando viene toccato può procurare alla donna orgasmi molto intensi; dovrebbe trovarsi sulla parete anteriore, piú o meno in corrispondenza dell'ombelico. Il manuale fornisce anche le istruzioni dettagliate per localizzarlo con assoluta precisione.

Tutta questa teoria mi sembra complicatissima. Mi fa venire l'ansia di non essere all'altezza.

Chiudo il manuale per non fallire mai con le donne.

Non ho la stoffa per diventare un seduttore come mio padre.

E quando arriverà il momento di sedurre una donna, proverò a fare a modo mio.

CAPITOLO TRENTESIMO

La prima volta che mi sono venute le mestruazioni avevo undici anni. Mi hanno colta di sorpresa, non le aspettavo cosí presto.

Mia madre mi ha fatto sedere al tavolo in cucina e si è seduta anche lei, davanti a me. Era imbarazzata, non sapeva bene da che parte iniziare il discorso. Allora ha aperto un libro sul tavolo, un manuale di educazione sessuale per genitori alle prese con i figli adolescenti, e mi ha mostrato una figura dell'apparato riproduttivo femminile.

La sua spiegazione è stata veloce, fredda, meccanica. Mi ha detto che da quel momento in avanti avrei potuto avere dei figli; mi ha parlato delle ovaie, dell'utero, delle trombe di Falloppio, degli spermatozoi, e di come un uomo e una donna fanno l'amore attraverso la penetrazione del pene dentro la vagina.

Fino a quel giorno, mi ero immaginata che fare l'amore volesse dire semplicemente strusciarsi nudi l'uno contro l'altro, e quella notizia della penetrazione è stata una vera e propria rivelazione che mi ha lasciata di stucco, anche se la dinamica del coito non mi risultava ancora del tutto chiara. Mia madre, infatti, aveva omesso un piccolo particolare: si era dimenticata di specificare che, durante l'atto sessuale, il pene si muove ritmicamente all'interno della vagina, particolare che ho scoperto tempo dopo, origliando i discorsi dei miei compagni di classe.

La domenica successiva, durante il pranzo di famiglia con i parenti al gran completo, mia madre ha annunciato ufficialmente che ero diventata «signorina». Ho ricevuto un grande applauso, che mi ha fatto sprofondare in un abisso di vergogna.

Sembravano tutti molto felici, addirittura commossi, e io non riuscivo a capire cosa ci trovassero di tanto entusiasmante nel perdere sangue cinque giorni di seguito soffrendo di mal di schiena e crampi alla pancia.

Mi sono anche chiesta se, essendo ormai diventata una signorina, avrei potuto lo stesso continuare a giocare.

L'unica che mi ha risparmiato i festeggiamenti è stata zia Stella. Appena il pranzo è finito, mi ha sottratta alle attenzioni dei parenti e mi ha portata a comprare una bambola alta quanto me.

Quella bambola è stata l'ultima.

CAPITOLO TRENTUNESIMO

La prima volta che ho avuto una polluzione è stato a tredici anni. È successo di mattina presto, tra il sonno e il risveglio, e anche se sapevo che poteva succedere, mi ha colto lo stesso di sorpresa.

In quel periodo, tra compagni non si faceva che parlare di erezioni, masturbazione e misure del pene: c'era chi se lo misurava con il righello e chi si vantava di masturbarsi anche tre volte al giorno. Il nostro pene, che fino a poco tempo prima se n'era rimasto placido e tranquillo nelle mutande, tutto a un tratto si era svegliato, gridando e pretendendo attenzioni nei momenti piú impensati della giornata.

La sera precedente avevo visto in televisione uno spot pubblicitario che aveva eccitato la mia fantasia. Era la pubblicità di una marca di biancheria intima, in cui una ragazza mora dalle curve burrose si rotolava in un letto di petali di rosa, lanciando sguardi eloquenti che sembravano invitarmi a rotolare insieme a lei.

Verso l'alba, la ragazza mora della pubblicità era venuta a trovarmi in sogno, vestita solo di un completo slip e reggiseno in pizzo nero; mi aveva baciato e accarezzato dappertutto, procurandomi brividi di piacere sempre piú intensi che mi erano cresciuti dentro fino a esplodere in un turbine di felicità calda e liquida.

In quel mentre mi sono svegliato. Appena ho aperto gli occhi, mi sono accorto che il lenzuolo era bagnato. Subito ho pensato di avere fatto la pipí a letto, invece a una piú attenta analisi del liquido incriminato (un liquido denso, lattiginoso, vischioso) ho capito cosa era successo. Il mio primo pensiero è andato a mia madre. La sola idea che potesse accorgersene mi ha fatto sprofondare nell'imbarazzo. Mi sono alzato di soppiatto, ho imbevuto una spugna d'acqua e ho provato a sfregare la macchia della vergogna che, ovviamente, si è allargata. Allora ho preso il phon e ho tentato di asciugarla con quello, senza calcolare che il rumore dell'asciugacapelli avrebbe potuto svegliare mia madre.

È cosí che mi ha sorpreso, con l'espressione colpevole e il phon in mano alle sei del mattino. È rimasta interdetta solo per un attimo. Poi ha capito.

Non ha commentato. Non mi ha chiesto nulla. Non ha fatto battute di spirito. Mi ha solo sorriso con affetto, e io gliene sono stato grato.

CAPITOLO TRENTADUESIMO

Questa notte ho dormito poco; io e Daniele ci siamo scambiati messaggini fino a tardi, non riuscivamo a smettere, uno tirava l'altro, nessuno dei due voleva dare la buonanotte per primo. Alla fine ci siamo salutati verso le tre e stamattina non riuscivo a tirarmi su dal letto; ci ho messo un secolo a vestirmi e, per non rischiare di perdere il pullman, ho saltato la colazione.

L'autobus mi lascia davanti alla scuola alle otto meno dieci. Prima di entrare, faccio un salto al bar dell'angolo per prendere un panino al volo. Seduta a un tavolo da sola, la testa tra le mani e il libro aperto davanti, vedo la mia compagna Francesca che tenta di studiare in mezzo al continuo via vai degli studenti. È talmente concentrata che non si è nemmeno accorta della mia presenza. – Problemi con l'inglese?

Quando solleva gli occhi sembra contenta di vedermi. – Non ho studiato niente, come al solito.

– Tanto non rischi, la Celuzzo ti ha interrogata solo due settimane fa.

– Dici? Non so se entrare...

– Ma hai già fatto tante assenze...

Mi offre uno dei suoi rari sorrisi. – Mi tieni d'occhio, eh?

– Non è per farmi gli affari tuoi, è solo un consiglio.

Mi guarda con diffidenza: quando gli altri provano a entrare nel suo spazio, lei tira fuori le spine, come se volesse difendersi. – Perché ti preoccupi per me?

– Ho la vocazione della crocerossina, – le rispondo in tono scherzoso.

Di nuovo un sorriso tirato sul volto stanco. – Non capisco cosa ci guadagni.

– Ci guadagno un'amica, per esempio.

– Io non ho mai avuto un'amica. Sarebbe la prima volta, – mi dice, e l'amarezza delle sue parole mi suona come una richiesta di aiuto.

– Be', nella vita c'è sempre una prima volta.

Finalmente la diffidenza si dilegua. – Di sicuro è la prima volta che incontro una come te... Mi sei simpatica, comunque.

– Anche tu sei simpatica. Solo un po' spinosa, – azzardo, aspettandomi un'altra battuta poco cordiale.

Invece lei non se la prende, anzi rimette il libro nello zaino, insiste per pagarmi il panino ed entra a scuola insieme a me.

– Ferrandi.

Nel sentir pronunciare il suo cognome, Francesca impallidisce, e io insieme a lei.

La Celuzzo aspetta che si alzi per andare alla cattedra. Ma Francesca rimane ferma al suo posto.

– Ferrandi? – ripete la professoressa con aria falsamente indifferente, come se non sapesse che oggi non era il suo turno.

– Oggi non toccava a me... – le risponde Francesca con un filo di voce.

A queste parole la Celuzzo si toglie gli occhiali, come fa sempre quando vuole sottolineare un concetto. Fissa Francesca con gli occhi stretti. – Fino a prova contraria sono io che decido chi e quando interrogare.

– Non ho potuto studiare, ho avuto degli impegni importanti... – prova a giustificarsi la mia compagna.

– Se non ricordo male, quest'anno ti sei giustificata già due volte, – puntualizza, impugnando il righello per verificare sul registro. – Il 7 dicembre e il 12 gennaio, per l'esattezza.

– Per piacere, mi può interrogare la prossima volta? Per la prossima volta studio... – la prega Francesca.

– Mi dispiace, ma non posso fare eccezioni, le regole sono uguali per tutti. Come ben sai, potete giustificarvi solo due volte all'anno –. Si rimette gli occhiali sul naso. – Guarda che ti conviene venire. Altrimenti sono costretta a metterti un tre.

Tutta la classe segue la scena in perfetto silenzio. Vedo Francesca che stringe i pugni, la vedo combattere con se stessa per mantenere il controllo delle sue azioni. Poi si alza dalla sedia e comincia a riporre nello zaino gli oggetti che ha sul banco.

La Celuzzo rimane spiazzata. – Cosa stai facendo?

Senza degnarla di uno sguardo né di una risposta, Francesca chiude la cerniera dello zaino, se lo carica in spalla e si avvia verso la porta.

– Dove stai andando? Non puoi uscire da questa scuola!

Francesca la squadra con aria di sfida. – Allora provi a impedirmelo.

La Celuzzo strabuzza gli occhi. – Ferrandi, ti avverto che se esci da quest'aula rischi una...

Ma prima che riesca a terminare la frase, Francesca ha già oltrepassato la porta.

Le corro dietro, ignorando gli ammonimenti della professoressa che mi ordina di rimanere seduta al mio posto. La raggiungo a metà corridoio. – Mi dispiace, è colpa mia, ti ho dato il consiglio sbagliato...

– Non è colpa tua. Tu non c'entri niente. Sono io che mi sono rotta. La scuola non fa per me, Viola, ti giuro che c'ho provato, ma non fa per me. E poi ho cose piú importanti a cui badare.

– Non puoi mollare adesso, mancano solo due mesi alla fine dell'anno, ce la puoi fare...

Scuote la testa, regalandomi un ultimo sorriso amaro. – Ciao, fiorellino, stammi bene.

Si volta decisa e, scavalcando una finestra aperta del pianterreno, abbandona la scuola.

CAPITOLO TRENTATREESIMO

È dura alzarsi presto per andare a scuola, soprattutto se è lunedí e hai dormito solo quattro ore. Io e Viola siamo rimasti svegli fino alle tre a mandarci un messaggio dopo l'altro e, fosse stato per me, sarei andato avanti tutta la notte. Stamattina mi sono trascinato a scuola come uno zombi, però sono uno zombi felice, e pazienza se ho la testa che pesa un quintale e le gambe molli come budini. Ne valeva la pena. Perché ogni istante che condivido con lei mi fa sentire vivo. E questa sensazione di pienezza, di appagamento totale che non ha bisogno di nient'altro, questo sentire che ogni cellula del mio corpo vibra e palpita in armonia con la vita del resto dell'universo, io non l'avevo mai provata prima.

– Che cos'è l'amore, secondo voi?

Bella domanda, cara prof. È come chiedere alla Terra cos'è il Sole, al mare cos'è l'acqua, o cos'è il pane a chi non mangia da tre giorni. L'amore è l'essenza stessa dell'esistenza, perché senza amore non si vive. Si rimane solo in attesa di vivere davvero.

– Allora, chi di voi vuole provare a dare una definizione? – chiede alla classe la professoressa di filosofia.

Maurizio Toselli alza la mano per primo. – L'amore è una fregatura! – Risata generale.

– Potrebbe essere un punto di vista interessante, – commenta serafica la prof. – Vuoi spiegare meglio la tua tesi?

– A mio parere, l'amore non esiste. È soltanto un'utopia alla quale le persone si aggrappano per sentirsi meno sole. Cosí si illudono e poi rimangono fregate.

– Secondo me, l'amore esiste eccome! – interviene Antonella Genero. – Io sto insieme a un ragazzo da cinque mesi e siamo innamoratissimi. L'amore è un sentimento potente, che ti sconvolge la vita, non si può spiegare. Capisci cos'è soltanto quando lo provi.

– Io non l'ho mai provato, – ribatte scettico Maurizio.

– Si vede che non hai ancora incontrato la persona giusta, – sostiene Antonella con convinzione.

– Bene, vedo che siamo arrivati subito al punto centrale della lezione di oggi. La vostra compagna ha parlato di «persona giusta». Platone avrebbe detto «anima gemella». Qualcuno di voi conosce questo mito?

– Sí, è quello delle due metà... – risponde Giulia.

– Esatto, – conferma la professoressa, alzandosi in piedi per iniziare la spiegazione. – Il mito dell'anima gemella di Platone narra che in principio le anime vivevano nell'iperuranio in perfetta armonia. Gli uomini possedevano due teste, quattro gambe, quattro braccia e genitali doppi. Erano forti, vigorosi e velocissimi nel muoversi. Consapevoli della propria potenza, diventarono anche arroganti e vollero tentare la scalata al cielo per sfidare gli dèi. Ma quando le divinità vennero a saperlo, decisero di dimezzare la loro forza, dimezzando l'uomo stesso. Cosí Zeus li spaccò in due e li sparpagliò per il mondo, destinandoli a perdersi.

– Che crudele! – esclama Antonella.

– Posso anticiparti che nella seconda parte del mito Zeus si mostrerà meno spietato. Ma prima di spiegarvela, vorrei porvi un'altra questione. Vi siete mai chiesti perché esiste l'attrazione sessuale?

Nel sentire la parola «sessuale», qualcuno ridacchia imbarazzato coprendosi la bocca con la mano. Il playboy della classe, invece, non vede l'ora di dire la sua: – Per godere!

– Solo per questo? – controbatte la prof. – L'attrazione sessuale è soltanto la ricerca del puro piacere fisico, o c'è qualcosa di piú profondo che lega l'anima al corpo?

– L'accoppiamento serve anche per procreare e quindi per permettere la sopravvivenza della specie, – interviene Carlotta Vinci, tutta rossa in faccia.

– Giusto! – concorda la professoressa. – La Natura ha fatto bene i suoi calcoli subordinando la sopravvivenza della specie a un desiderio cosí potente come l'attrazione sessuale. Eppure, sentiamo che è ancora una spiegazione parziale.

– E quindi cosa ne pensa Platone? – domando io, che ormai mi sono svegliato completamente.

– Eravamo rimasti a quando Zeus tagliò in due parti ciascun uomo, disperdendole per il mondo, – continua la prof. – Ma le due metà non riuscivano a rimanere separate: non facevano che cercarsi e, quando si ritrovavano, si avvinghiavano disperatamente, lasciandosi morire di fame. Allora Zeus, mosso a pietà, spostò loro i genitali sul davanti, permettendo in questo modo l'accoppiamento che alleviò il tormento delle anime in pena. Da quel giorno, ogni anima è alla perenne ricerca della propria metà, ritrovando la quale può ritornare all'antica perfezione. Perciò desideriamo fonderci con la nostra anima gemella e diventare uno solo. L'amore è il bisogno di donarsi, è desiderio di unità, è ricerca di interezza, perché l'essere umano, da solo, è una creatura incompleta.

Mi accorgo di lei soltanto nel momento in cui vedo la sua immagine riflessa. È entrata nel bagno dei maschi mentre mi lavavo il viso, silenziosa come una gattina. I nostri sguardi si incrociano nello specchio sopra il lavandino. È appoggiata al muro alle mie spalle, con le braccia conserte e un'espressione che non riesco a decifrare.

– Sei diventato piú alto, ultimamente.

Mi giro verso di lei. – Dici?

– Hai le spalle piú larghe... e ti è cresciuta un po' di barba sotto il mento.

– Quindi?

– Quindi sei diventato molto piú carino...

– Non potresti stare nel bagno dei maschi.

Si stacca dal muro, venendo verso di me. – Mi devi un favore, ti ricordi? – Ha un profumo che mi stordisce. Anche la sua scollatura mi stordisce. E la sua bocca carnosa.

– Mi ricordo. Sono entrato in discoteca grazie a te, la sera della festa di Carnevale. E cosa dovrei fare, per sdebitarmi?

Mi mette una mano sulla spalla. – Potrei accontentarmi anche solo di un bacio...

– Mi dispiace, ma non sono seducibile. Sto con una ragazza.

Avvicina le labbra alle mie. – Non sono gelosa.

– Perciò non mi interessi.

Mi scosto, ma Barbara mi blocca il passaggio allargando le braccia. – Non mi dire che credi a tutte quelle stronzate sull'anima gemella e l'altra metà dell'amore.

– Io ho già trovato la mia metà.

– Capisco... A te piacciono solo le biondine slavate, – si congeda, con il tono sprezzante della volpe che non è arrivata all'uva.

Prima di tornare in classe, mi lavo il viso una seconda volta.

CAPITOLO TRENTAQUATTRESIMO

Questa volta è stato piú facile scavalcare il cancello del parco, dato che mi sono messa i jeans e le scarpe da ginnastica.

Nel suo zainetto Daniele ha portato un plaid, che allarghiamo sull'erba umida ai piedi di un albero. Lui si siede appoggiando la schiena al tronco, mentre io mi distendo con la testa sul suo grembo, lo sguardo rivolto al cielo coperto da uno spesso strato di nuvole.

Parliamo poco stasera, le parole sono solo sussurri sospesi nel silenzio che ci avvolge. Stiamo bene cosí, non abbiamo bisogno di nient'altro. Desideriamo soltanto stare vicini.

Mi lascio accarezzare i capelli dalle sue dita gentili, mi piace farmi toccare i capelli, mi rilassa. Se in questo momento chiudessi gli occhi, credo che potrei addormentarmi, come da piccola quando me li lavava la mamma.

– Stanotte ti ho sognata, – sussurra lui.

– Era un bel sogno?

– Molto bello, – risponde, con la voce velata.

– Ah, sí? E che cosa facevo?

– Piú che facevi, cosa facevamo... Però, non so se posso raccontartelo...

Mi sollevo a sedere. – Non vale, adesso mi hai incuriosita e lo voglio sapere!

Si schiarisce la voce. – Be', all'inizio ci baciavamo... – confessa, imbarazzato e malizioso allo stesso tempo.

Questo gioco inizia a intrigarmi. Decido di giocare anch'io. – Ci baciavamo... come?

– È difficile da spiegare a parole...

– Allora fammelo vedere.

Mi sfiora le labbra con un bacio lieve, leggero come il tocco di una piuma che solletica il mio desiderio di averne ancora. – Tutto qui? – lo provoco, guardandolo dritto negli occhi. Per un attimo rimane spiazzato dalla mia audacia. Poi si slancia a baciarmi ancora, aprendomi le labbra con la lingua, che subito si incatena alla mia, pronta a rispondere al suo seducente richiamo. Assaporo il gusto della sua bocca che sa di buono, che stuzzica il mio appetito di assaggiare qualcosa in piú. – E dopo? Cosa facevamo nel sogno? – gli bisbiglio all'orecchio tra un bacio e l'altro.

– Dopo ci spogliavamo... – mormora, a un millimetro dalla mia bocca.

Bevo le sue parole che mi scivolano lungo la gola come cioccolata bollente, scivolano giú fino alla pancia in un'esplosione di calore dolce che mi infiamma la pelle del viso, del collo, del seno... Sento la temperatura del corpo che aumenta, e un pulsare caldo e umido in mezzo alle gambe mai conosciuto prima d'ora. Mi lascio cadere all'indietro, distendendomi sulla coperta; lui sale sopra di me, i nostri corpi aderiscono, si incollano, si strusciano, combaciano perfettamente come se fossero uno solo. Ci liberiamo dei giubbotti di jeans, sono diventati troppo pesanti, li abbandoniamo accanto a noi, riprendendo a baciarci, ad accarezzarci attraverso i tessuti dei vestiti, ed è come se non ci fossero, improvvisamente è come se potessi sentire la sua pelle nuda a contatto con la mia pelle nuda. Nella mia fantasia ci spogliamo per davvero e, se chiudo gli occhi e mi lascio andare all'immaginazione, il nostro sogno mi sembra reale.

Le prime gocce di pioggia ci costringono a tornare alla realtà. Ci risvegliamo lentamente, distaccandoci a fatica, ed è doloroso sciogliere l'abbraccio in cui eravamo uniti. Ci guardiamo intorno quasi con stupore, abbiamo perso la cognizione del tempo; guardo l'orologio: è tardissimo, a quest'ora dovrei già essere a casa. Cerco il cellulare nella tasca del giubbotto per avvertire mia madre: non c'è, l'ho dimenticato come al solito.

– Chiamala dal mio, – mi suggerisce Daniele.

– Meglio di no, non vorrei peggiorare la situazione, non le ho ancora detto di te...

– Ma non c'è niente di male a uscire con un ragazzo...

– È difficile parlare con mia madre di certe cose, – gli rispondo un po' brusca, ormai in preda al panico. Daniele ci rimane male, ma adesso non c'è il tempo per mettersi a discutere.

Ci rivestiamo in silenzio, mentre la pioggia si fa sempre piú fitta.

Non abbiamo neanche un ombrello.

Infilo la chiave nella toppa cercando di fare meno rumore possibile. Sono bagnata dalla testa ai piedi e in ritardo di tre quarti d'ora.

Le luci sono spente. Mio padre sarà già andato a dormire. Lui si addormenta tutte le sere alle undici e mezzo, anche se fuori sta scoppiando la Terza guerra mondiale. Spero che una volta tanto anche mia madre non mi abbia aspettata.

Accendo la luce.

È seduta sul divano a braccia conserte, immobile. Mi fissa accigliata, trattenendo le parole.

Inizio io, a testa bassa. – Scusami, mamma, lo so che sono in ritardo ma non mi ero accorta che fosse cosí tardi... Volevo avvisarti, però mi sono dimenticata di portarmi dietro il telefono...

Si è alzata in piedi. Osserva con orrore i miei capelli fradici di pioggia che gocciolano sul pavimento. – Dove sei stata?

– A fare un giro...

– Con chi?

– Con i miei amici, – balbetto, ma non sono brava a mentire e mia madre mi conosce troppo bene per lasciarsi ingannare.

– Eri con un ragazzo, vero?

Non rispondo.

– Dimmi la verità! – incalza lei, sibilando invece di urlare per evitare di svegliare mio padre.

Sollevo lo sguardo, sfidandola. – Non c'è niente di male a uscire con un ragazzo.

– Chi è? Lo conosco? È un tuo compagno di scuola?

– Mi stai facendo l'interrogatorio? Di cosa sono accusata?!

– Non ti sto accusando di niente, io voglio sapere con chi esci perché mi preoccupo per te!

– Sei sicura, mamma, che ti preoccupi per me? – Mi trema la voce, ho le lacrime agli occhi. – Credi che preoccuparsi di una figlia significhi soltanto controllarla in continuazione? Mi chiedi mai se sono felice o se ho pianto nell'ultima settimana, o come ci si sente a guardarsi allo specchio e vedere che il tuo corpo cambia tutti i giorni? Mi hai mai chiesto se ho delle amiche sincere o se sono innamorata?

Anche mia madre, adesso, ha le lacrime agli occhi.

– Viola, sei ingiusta con me... Lo sai che la tua felicità mi sta a cuore piú di ogni cosa... Tu adesso ti senti già adulta, ma sei ancora una bambina e certe cose non le puoi capire. Sei troppo piccola per innamorarti, ne devi mangiare di pane, prima di capire che cos'è davvero l'amore... L'amore, alla tua età, lo puoi solo sognare.

– E allora spiegamelo, mamma, dimmelo tu che cos'è... – le chiedo con la voce rotta, mentre le mie lacrime rompono gli argini.

Mia madre rimane senza parole. Scuote la testa con l'espressione vuota, cercando una risposta che non sa darmi. Improvvisamente mi sembra molto stanca.

E vecchia.

Si passa una mano sulla fronte, prendendo un lungo respiro.

– Ne parliamo domani, Viola. Adesso è tardi.

Non riesco ad addormentarmi. Continuo a ripensare alla discussione con la mamma, all'espressione arresa del suo viso spento, al suo strano modo di volermi bene.

Quand'è che si diventa vecchi come lei? A che età ti spuntano quelle due rughe in mezzo alle sopracciglia che ti fanno sembrare sempre arrabbiata: a venticinque anni, a trenta, a quaranta? Quand'è che si comincia a camminare insaccati nelle spalle con quell'aria stanca stampata in faccia ancora prima che cominci la giornata? Perché a un certo punto della vita si diventa privi di sogni e ci si dimentica delle emozioni?

Mia madre non sa piú niente di me. Non sa niente di quello che provo, di chi sono diventata, lei non può neanche immaginare come mi sono sentita questa sera tra le braccia di Daniele.

E non lo so nemmeno io se sono innamorata e se si chiama amore quest'emozione nuova che mi fa sentire felice, o se è solo un sogno che crescendo sarà spazzato via.

In fondo, cosa mi importa di saperlo?

Per il momento voglio solo viverla.

CAPITOLO TRENTACINQUESIMO

Vito si sta preparando per uscire con una nuova ragazza: ha stirato i capelli con la piastra e si rimira davanti allo specchio, soddisfatto del risultato.

Negli ultimi tempi, esce tutte le settimane con una ragazza diversa; sembra che abbia trovato un metodo infallibile per moltiplicare le conquiste su Netlog: invia a tutte le sue prede un messaggio standard della serie «tu sei davvero speciale, mi hai colpito in modo particolare, come te non c'è nessuna», sparando a casaccio nel mucchio e puntualmente qualcuna casca nella rete. Da esperto della materia, mi spiega che è una questione di pura matematica.

– Su trenta messaggi che invii, ti rispondono almeno in due. È statisticamente provato.

Mi racconta del suo ultimo appuntamento con Ubriacadisesso. Anche questa volta non è riuscito a perdere la verginità. Hanno bevuto talmente tanto che quando è arrivato il momento di venire al dunque, non si reggevano in piedi.

– E quindi ci siamo distesi sul letto, – mi spiega. – E lei ci stava, eh! O almeno, non protestava. Ho provato a baciarla, l'ho palpata dappertutto, ma non rispondeva agli stimoli. Era come toccare una bambola gonfiabile. A un certo punto, non respirava neanche piú. Ho avuto paura che fosse morta.

– Inquietante... – commento io.
– Non mi diventava neppure duro.
– Ci credo, – gli dico. – E poi non lo sai che a bere troppo si fa cilecca?
– Ah sí? – ribatte incredulo. – Io pensavo che aiutasse a sciogliersi un po'...
– E con chi esci stasera?
– Con una bionda, si chiama Annasuicida.
– Dev'essere una tipa allegra...
– È un po' depressa, – ammette. – Però non importa, anzi meglio cosí. Sicuramente avrà tanto bisogno di qualcuno che sappia come tirarla su... Capisci cosa intendo?
– Come no, – annuisco.
Tanto è inutile provare a contraddirlo. Mi chiedo quando si deciderà a crescere, il mio amico Vito.
– Stai sempre insieme a Viola?
Solo a sentire il suo nome, mi si attorciglia lo stomaco. – Certo.
– Te la sei fatta?
Se Vito usa queste espressioni volgari riferite ad altre ragazze, al massimo mi può far sorridere. Ma riferite a Viola, mi suonano come un'offesa. – No! – gli rispondo in malo modo.
– E cosa aspetti?
– Aspetto.
– Hai intenzione di portarla vergine all'altare?
– Sono fatti miei, – mi viene fuori, e non è da me rispondere male al mio migliore amico. Soltanto che, da un po' di tempo, la sua superficialità comincia a darmi sui nervi.
Solleva le sopracciglia, il sorriso sardonico. – Sei cotto, eh? Sei proprio cotto a puntino.

– Non sono *cotto*. Sono innamorato. È un concetto diverso.

– Innamorarsi è pericoloso. Fai attenzione: quando le ragazze si accorgono che sei innamorato, poi ti fregano.

– Non sapevo che fossi un filosofo, – ribatto irritato, mentre lui si spruzza addosso una quantità esagerata di profumo al pino silvestre.

Me ne vado senza salutarlo. Mi sono rotto di stare a sentire le sue cavolate.

CAPITOLO TRENTASEIESIMO

Scendo all'ultima fermata della metropolitana. Ho portato con me una cartina stradale, non conosco questa zona ai margini della città. È difficile orientarsi dato che le case sono tutte uguali, anonimi parallelepipedi di cemento affollati come alveari. Chiedo indicazioni a una signora con i sacchetti della spesa che mi indica la via in cui abita Francesca. Individuo anche il numero civico e il citofono. Un cartello sgrammaticato appiccicato con lo scotch mi informa che non funziona. Non funziona neanche l'ascensore, quindi sono costretta a salire le scale a piedi, controllando i nomi sulle targhette delle porte a ogni pianerottolo. Arrivata al dodicesimo piano, trovo finalmente casa Ferrandi. Suono il campanello. Almeno questo funziona. Viene ad aprirmi Francesca. Le dico un ciao rantolante. Vorrei anche sorriderle, ma il fiatone non me lo permette. È spettinata, scalza e senza trucco. Non sembra nemmeno troppo sorpresa di vedermi.

– Entra, – mi invita. – C'è un po' di casino, non farci caso.

Mi introduce in una stretta anticamera dove mi fa posare il giubbotto di jeans. Per poco non inciampo in un camioncino giocattolo abbandonato sul pavimento. – È di mio fratello, – mi spiega. – Adesso è a scuola.

– Chi è? – chiede una voce maschile proveniente da un'altra stanza.

– È una mia amica, papà, – gli risponde Francesca. E poi, rivolta a me: – Vieni, te lo faccio conoscere.

Entriamo in una piccola cucina che fa anche da salotto. Suo padre è seduto sul divano davanti al televisore. Ma non lo sta guardando, lo sta solo ascoltando.

– Papà, ti presento Viola.

Lui si alza in piedi con sollecitudine, abbozzando un sorriso che non ha luce perché non può essere accompagnato dall'espressione degli occhi. Ha la faccia larga, da clown triste. – Piacere, – mi dice, un po' imbarazzato, come se si vergognasse di non poter ricambiare il mio sguardo. Tende la mano verso di me, fissando un punto inesistente sopra la mia testa. Gli poso la mano nella sua e lui me la stringe con calore. Ho un nodo in gola e la sensazione di essere un'intrusa che si è infilata in questa casa senza chiedere il permesso.

– Papà, noi andiamo di là. Se hai bisogno mi chiami, va bene?

– Vai tranquilla, non ho bisogno di niente, – cerca di rassicurarla, mentre si rimette a sedere aiutandosi con le mani per ritrovare la poltrona.

– Ha perso la vista in poco tempo, – mi racconta Francesca quando siamo nella sua camera. – Faceva il camionista. Guidava soprattutto di notte. A un certo punto si è accorto che non ci vedeva piú tanto bene. È andato da un oculista che gli ha fatto mettere gli occhiali. Per qualche mese il problema sembrava risolto, ma poi non ci vedeva bene di nuovo. Allora ha fatto altre visite e ha scoperto di avere una malattia degenerativa della retina. Nel giro di un anno è diventato cieco.

– Mi dispiace... – mormoro.

– Forse adesso lo prendono a lavorare in un call center. Lo spero, perché siamo pieni di debiti. E mio padre impazzisce a stare in casa senza fare niente. A lui piace lavorare.

Rimaniamo in silenzio per un po'. Non so piú se ho fatto bene a venire. Però ormai sono qui, e quindi ci provo. – Visto che sei mancata per una settimana, ti ho portato i compiti...

Francesca si lascia scappare un sorriso. – Hai la testa dura, eh?

– Non vuoi proprio tornare a scuola? Se adesso tuo padre trova lavoro, le cose si aggiustano. Finisci almeno l'anno e dopo deciderai...

– No, non mi va. Non ho nessuna voglia di rivedere la brutta faccia della Celuzzo.

– Ma che te ne frega di quella? Cosí gliela dai solo vinta. Devi tornare e farle vedere chi sei!

– Io non sono nessuno. Sono buona soltanto per servire ai tavoli di una birreria.

– Invece sei piena di talento, le tue sculture sono meravigliose.

– Non si mangia con l'arte, Viola. L'arte, per me, è solo un sogno.

– E allora lotta per realizzarlo.

Francesca si morde un labbro, proprio come fa mia madre quando è combattuta.

– Ti aiuto io con i compiti, – mi offro. – Possiamo studiare insieme, qualche volta.

Scuote la testa. – Non saprei come ricambiarti.

– Mi offri una birra.

– Ma se non bevi alcolici, – ride.

– Be', per una volta posso anche fare un'eccezione...

Mi promette che ci penserà.

CAPITOLO TRENTASETTESIMO

Ci siamo solo io e Viola, nella mia stanza. Al centro dell'universo.

La luce è soffusa, la porta chiusa, tutto il resto lo abbiamo lasciato fuori.

Il cuore mi batte all'impazzata mentre le sbottono la camicetta, un bottone alla volta, lentamente, senza smettere di guardarla negli occhi.

Succederà adesso? Qui, nel mio letto? Sarà con lei che condividerò la mia prima volta? Mi tremano le mani e ho paura che se ne accorga.

Le mani di Viola mi vengono in aiuto, si intrecciano alle mie, liberano gli ultimi bottoni. Scopro la sua pelle chiara, delicata, morbida.

E, per la prima volta, scopro la meraviglia di toccare il corpo di una donna.

Le slaccio il reggiseno. Ha il seno piccolo, sodo, della misura esatta per stare dentro la mia mano. Lo sfioro con delicatezza, sento i capezzoli risvegliarsi come per magia al tocco delle mie dita; lo esploro con la bocca, con le labbra, con la lingua, come un frutto dolcissimo da assaporare.

Mi tolgo anch'io la maglia, in fretta, come se bruciasse, lanciandola lontano.

Ci stringiamo in un abbraccio pieno di desiderio, il mio petto nudo contro il suo petto nudo, i cuori che battono vicini, sintonizzati sullo stesso ritmo.

La bacio, mi bacia e insieme inventiamo tutto quello che due bocche unite possono inventare.

Le tiro indietro i capelli, copro di baci lo spazio tra il suo collo e la vita, lasciandole sulla pelle una scia calda e bagnata. Le sbottono la gonna, gliela tolgo, lei mi lascia fare. Faccio scivolare le mani lungo la curva dei fianchi sottili, percorro le sue gambe, le accarezzo all'interno, raggiungo la sua parte piú segreta, la tocco attraverso il tessuto delle mutandine. Mi accorgo che sono bagnate. Il mio desiderio cresce, l'eccitazione mi annebbia la vista, infilo l'indice sotto l'elastico dei suoi slip ma Viola, di colpo, mi blocca la mano.

Esco dal sogno bruscamente e devo raccogliere tutta la mia volontà per reprimere l'istinto di continuare a toccarla. Il sangue mi pulsa con violenza contro le tempie. Chiudo gli occhi e cerco di riprendere il controllo, concentrandomi sul respiro finché l'erezione non viene meno.

Lei non mi dice niente, e non c'è bisogno di tante spiegazioni per capire che non è ancora arrivato il nostro momento.

Restiamo abbracciati, ci teniamo stretti. Le accarezzo i capelli, seguo con le dita le linee che disegnano il suo viso, le soffio nelle orecchie parole d'amore, cosí come mi vengono, senza stare a pensarci troppo.

Le dico che è bella, glielo ripeto.

Bella da fare male.

Poi la mia attenzione si concentra sul piccolo anellino rosa che porta all'orecchio sinistro.

– E questo? – le chiedo, sfiorandolo con l'indice. – È l'unico orecchino che non togli mai. Ha un significato particolare?

– Non ti sfugge nulla...

– Sono un ragazzo che osserva.

– È un patto segreto che ho fatto con le mie amiche.

– Non vale! Io per te non ho segreti, ti ho fatto persino leggere il mio quaderno dei pensieri filosofici...

– Abbiamo tutti dei segreti –. Mi guarda seria, esitando prima di chiedermi: – Tu... hai già fatto l'amore?

– No, – le rispondo, e non ci penso neanche a raccontarle balle per fare la figura di quello esperto; sento che con lei posso essere me stesso.

– Neanch'io...

La stringo di nuovo a me, la stringo forte, ho bisogno di sentirla vicina, di colmare lo spazio vuoto che ci separa. Sono geloso di quella parte segreta di lei che ancora non conosco e che, forse, non conoscerò mai.

Mia madre rientra a casa prima del previsto.

– Dani, ci sei? – chiama dall'entrata.

Io e Viola rotoliamo giú dal letto, cercando di recuperare i vestiti che nell'impeto della passione abbiamo lanciato chissà dove.

– Dani? – bussa piano alla porta poco dopo.

Per fortuna, l'ho educata a bussare prima di entrare nella mia stanza.

– Un attimo, – le rispondo, mentre ci rivestiamo a velocità supersonica, inciampando l'uno sull'altra.

Qualche minuto piú tardi usciamo dalla camera con i capelli scarmigliati, tre calzini su quattro e un'espressione vagamente colpevole dipinta sulla faccia paonazza.

– Ciao, mamma, – balbetto.

Nel vedere Viola, gli occhi della mamma si allargano. Dev'essere un colpo duro da incassare: è la prima volta che mi becca in casa con una ragazza.

– Lei è Viola, – le dico, facendo del mio meglio per sembrare disinvolto anche se mi sono messo la maglia al contrario.

Mia madre, che si è già riavuta dallo shock, prende in mano la situazione dimostrando un contegno da vera signora. – Viola... che bel nome! – commenta, regalandole un sorriso pieno di simpatia. – Vi preparo qualcosa da mangiare?

Dopo che Viola è andata via, io e la mamma rimaniamo a chiacchierare in cucina.

– È carina, la tua ragazza, – mi dice. – Sembra molto dolce.

– Lo è, – confermo io.

– Senti, Daniele... – Tossichia, assumendo l'espressione solenne che riserva per le grandi occasioni. – Non vorrei sembrarti invadente, mi rendo conto che certe cose sono personali e non è facile parlarne con i genitori, però dato che adesso stai insieme a una ragazza...

La interrompo, togliendola dall'imbarazzo. – Mamma, non è ancora successo...

Alle mie parole, i suoi lineamenti si distendono un poco, quasi fosse una bella notizia. – Be', allora... quando arriverà quel momento, ti raccomando di...

– ... usare il preservativo. Certo, ci puoi scommettere che lo userò!

Il viso della mamma si rilassa completamente, illuminato da un sorriso colmo di tenerezza. – Se avrai bisogno di confidarti, sappi che io ci sono...

Annuisco, anche se non credo che quel giorno gliene parlerò.

– E comunque volevo anche dirti che... ti sei messo la maglia al contrario.

– Porta fortuna, – ribatto io, scoppiando a ridere insieme a lei.

PARTE TERZA
AMARSI

CAPITOLO TRENTOTTESIMO

Mancano due settimane alla fine della scuola e il conto alla rovescia dei giorni che ci separano dalle vacanze estive è già cominciato. Fa un caldo insopportabile che offusca i pensieri e rende ancora piú faticoso lo studio per le ultime interrogazioni. Francesca ce la sta mettendo tutta. Ora che suo padre è stato assunto in un call center, lavora in birreria soltanto durante il week-end, cosí in settimana ha piú tempo per i compiti e può andare a dormire a un'ora decente. È decisamente piú rilassata, e anche meno spinosa. Siamo vicine di banco adesso, e ogni tanto ci troviamo per studiare insieme nel pomeriggio, da me o a casa sua. Stiamo cominciando a conoscerci meglio, anche se lei non parla molto di sé.

Io però non riesco a tenere a freno la curiosità. – Ce l'hai il ragazzo? – le domando, in una pausa fra la traduzione di inglese e il ripasso della lezione di storia dell'arte.

– Sí, si chiama Alfredo.

– Viene a scuola con noi?

– No, lui lavora, fa il meccanico.

– Lo ami?

– Mi ha salvato la vita. Se non ci fosse stato lui, non so cosa ne sarebbe stato di me –. Non aggiunge altro. È piena di misteri, la vita di Francesca. – E con Valenti come va?

Il mio viso si infiamma. – Come fai a sapere che stiamo insieme?

– Ma se state sempre a farvi moine!

– Non è vero... – provo a negare.

– E tu? Sei innamorata? – mi chiede.

Mi metto sulla difensiva. – È una domanda che non voglio farmi. Ho già avuto una delusione e questa volta ci vado piano. Preferisco essere prudente.

– Come fai a essere prudente? L'amore si basa sulla fiducia: se non ti fidi della persona che ami, che razza di amore è?

– Io sto solo cercando di proteggermi.

– O forse di nasconderti... Tanto, prima o poi, il momento della verità arriva.

Piú tardi passo a salutare Kristal. Ci siamo viste pochissimo negli ultimi due mesi.

– Stai sempre con il tuo Daniele, – mi rimprovera. – E alla tua migliore amica non ci pensi piú, – aggiunge, con il tono da vittima. – Almeno raccontami qualcosa di piccante!

L'accontento volentieri, aggiornandola sulle ultime novità fin nei minimi dettagli. Soprattutto quelli piccanti.

– E tu l'hai toccato? – vuole sapere, eccitata dal mio resoconto.

– Dove?

– Lí, no!

– Avrei voluto, ma... non ero sicura di sapere come si fa...

– È solo una questione di tecnica, – mi assicura, con aria convinta. – Aspetta, adesso ti insegno io, – si offre, slanciandosi in cucina a prendere qualcosa dal frigorifero e tornando subito dopo con un cetriolo. – Quando il pene di un ragazzo è in erezione, diventa piú o meno grande cosí!

Osservo perplessa il cetriolo, che a dire il vero mi sembra molto piú grosso di quel che la mia scarsa esperienza mi ha insegnato.

– Per prima cosa lo devi afferrare bene –. Me lo dimostra, mettendo la mano a pugno intorno all'ortaggio. – Lo devi tenere bello stretto e poi cominci ad agitarlo, un po' a destra e un po' a sinistra. Hai presente come si prepara un cocktail? Ecco, cosí, devi shakerare, capito?

Annuisco con gli occhi sbarrati.

– Quando senti che lui inizia a mugolare, allora stringi la presa e vai su e giú, su e giú, senza fermarti, sempre piú veloce –. Mi fa vedere, muovendo la mano lungo il cetriolo a ritmo frenetico.

– Ma cosí glielo stacchi!

– No che non glielo stacchi, fidati! Lo farai urlare di piacere e alla fine il suo coso esploderà come una bottiglia di champagne!

Anche se la dimostrazione di Kristal mi sembra un po' eccessiva, non posso fare a meno di invidiare la sua sicurezza. Beata lei che sa già come fare. Io invece mi sento un'imbranata totale. E sono tormentata da un sacco di dubbi e di paure.

– Kristal... quando fai l'amore... per la prima volta, fa tanto male?

– Mah, dipende...

– Da cosa?

– Ad alcune fa male e ad altre no.

– Tu hai sentito dolore?

Kristal tentenna per un momento prima di rispondere. – Sí, cioè... solo un po'... – E il tono incerto della sua risposta contrasta con quello sicuro che ostentava fino a un minuto fa.

– Quanto tempo dura il dolore?

Esita di nuovo. Adesso che ci penso, non mi ha mai raccontato i particolari della sua prima volta. Quando ho provato a chiederle qualcosa, ho ricevuto solo risposte evasive. – Be', circa qualche secondo...

– Hai perso tanto sangue?

Kristal distoglie lo sguardo dal mio, irrigidendosi. – Piú o meno... cioè, non me lo ricordo bene...

– Non te lo ricordi?

– È passato un bel po' di tempo, mi pare, – ribatte in tono aggressivo.

Di colpo un dubbio mi attraversa la mente, anche se mi sembra assurdo. – Perché ti stai arrabbiando? Ti ho fatto solo una domanda...

– Me ne hai fatta piú di una! – esclama, accompagnando le parole con troppi gesti.

– E dov'è il problema?

Invece di rispondermi, avvampa. Vengo di nuovo assalita dal dubbio. La conosco da tanti anni e non è certo il tipo che arrossisce per niente. Cerca di cambiare discorso: – Va be', non litighiamo, non è importante...

– Per me lo è! – La prendo per un braccio. – Kristal, per favore, guardami.

Lei obbedisce, non ha altra scelta, e i suoi occhi non possono piú mentire. – Viola io... – inizia a balbettare, – può capitare a tutti di dire una bugia, no? Magari la dici senza pensarci troppo, ti scappa dalla bocca, e appena le parole vengono fuori, ti rendi conto che l'hai sparata grossa, ma ormai è troppo tardi per tornare indietro e allora dopo ti tocca tenere la parte... Ed è successo cosí con Valeria. Ti ricordi come eravamo unite noi tre? Stavamo sempre insieme, ci volevamo bene, ci dicevamo tutto... Poi lei ha iniziato a uscire con quel ragazzo piú grande, ha fatto l'amore con lui e non ci considerava piú, ai suoi occhi eravamo solo delle bambocce, e io non potevo sopportare di essere snobbata da lei, non volevo perdere la sua amicizia, mi faceva troppo male. Cosí, quando si è tolta l'orecchino rosa, me lo sono tolto anch'io perché non volevo essere da meno...

La fisso senza emettere una sillaba, scuoto solo la testa, incredula.

– Viola, non guardarmi in quel modo, dimmi qualcosa!

– Noi tre avevamo fatto un patto, c'era una promessa, avevamo giurato... Tu, mentendo a Valeria, hai mentito anche a me... e a te stessa.

– Dài, non farla cosí tragica! Ho solo giocato un po' con la fantasia, no? Un po' di fantasia non ha mai fatto male a nessuno.

Continua a giustificarsi, a gesticolare, a ridimensionare, e io continuo a fissarla come se mi avessero strappato la bocca, senza riuscire ancora a credere a quello che sta succedendo. Improvvisamente, mi sembra di non riconoscerla piú, Kristal, la mia migliore amica, l'amica del cuore alla quale ho confidato i miei segreti piú nascosti, la mia compagna di avventure, la sorella alla quale ho dato tutta la mia fiducia, con cui sono sempre stata sincera e che mi ha ingannata come se fosse niente, e non so, non lo so davvero se tra noi due potrà mai piú essere come prima.

CAPITOLO TRENTANOVESIMO

Provo una strana commozione stasera nell'accompagnare Viola verso casa. Il tempo per stare insieme si è consumato in fretta e tra poco scenderà la notte a dividerci di nuovo, fino a domani. Ma domani mi sembra cosí lontano e sono ancora troppe le parole da dirsi che non possono aspettare. Ci fermiamo sotto il suo portone, appoggiati a un muro nascosto nell'ombra, gli occhi dentro agli occhi, i corpi che si cercano, le mani intrecciate che non si vogliono staccare. Dilatiamo il momento dei saluti scambiandoci ancora qualche bacio, uno dopo l'altro, a distanza ravvicinata, senza riuscire a smettere, e a ogni bacio la mia commozione cresce, sale dalla pancia al cuore, passando per la gola, fino alla bocca, dove si ferma, sulla punta della lingua. Quest'amore che provo è diventato troppo grande per stare dentro a un unico cuore, ha bisogno di uscire, di traboccare in parole che ricevano un'eco in cui trovare conferma.

– Ti amo, – le dico piano, vicino all'orecchio, con la voce che è poco piú di un sussurro. – Non mi ero mai innamorato cosí...

Ho trovato il coraggio. Per la prima volta, ho detto ti amo a qualcuno, e l'ho detto credendoci.

Mi specchio negli occhi di Viola.

Sono nudo, adesso, davanti a lei.

Le sto mostrando chi sono veramente. Mi sono scoperto, spogliato, mi sono reso vulnerabile.
Sono disarmato, come un cavaliere senza armatura.
Eppure non mi sento debole, né provo vergogna.

Ti ho detto ti amo, Viola, ti ho fatto una promessa e ti ho lanciato una sfida.
Ora tocca a te dirmi cosa provi: mi ami anche tu?
Cerco la risposta nel tuo sguardo verde e trasparente che non sa mentire.
Interrogo l'espressione del tuo viso.
Sto appeso alle tue labbra nell'attesa di sapere.
Se la nostra sarà una storia, o se è stato solo un gioco destinato a finire.

CAPITOLO QUARANTESIMO

– Ti amo, – mi dice piano, vicino all'orecchio, con la voce che è poco piú di un sussurro. – Non mi ero mai innamorato cosí...

Ti amo. Come nei film d'amore, come nelle storie che inventavo con Kristal, ti amo come nelle canzoni. Ho sognato tante volte di vivere questo momento, eppure, adesso che accade, è diverso da come l'ho sempre immaginato.

Ti amo sono parole importanti. Non possono essere fraintese. Non lasciano scampo. Restano nell'aria, sospese, niente le assorbe. Esigono una risposta che io non so dare. Abbasso la testa. Mi manca il coraggio di guardare Daniele negli occhi. Il silenzio parla al posto mio.

– Speravo che ricambiassi i miei sentimenti... – sento che mi dice la sua voce. – Credevo che io e te stessimo bene insieme...

– Infatti è cosí.

– Allora cosa c'è che non va?

– Non c'è niente che non vada. È che... io ho paura di mettere la mia felicità nelle mani di qualcun altro.

– Viola, di me ti puoi fidare.

– Come posso fidarmi? Le persone mentono, Daniele, anche quelle che pensi di conoscere, ti ingannano, dicono un sacco di bugie e le dicono senza preoccuparsi delle conseguenze che causeranno. Ho fatto troppe volte l'errore di credere a delle falsità.

– E adesso stai facendo un errore peggiore, perché ti rifiuti di credere a ciò che è vero!

– Sto solo cercando di essere sincera con te, non ti voglio prendere in giro... Io non so se posso ricambiare i tuoi sentimenti con la stessa intensità.

Lui scuote la testa, i lineamenti contratti, la voce carica di dolore. – Sai cosa penso? Che le tue sono solo scuse. La verità è che non ti piaccio abbastanza. A te piacciono quelli come Filippo, vero Viola? Quelli che non devono chiedere mai –. Sta tremando, adesso, e mi odio per la sofferenza che gli sto infliggendo, e che non si merita.

– Non fare cosí, parliamone, io non voglio perderti, – tento di calmarlo.

– E io non voglio un amore a metà. Non mi va di volare a bassa quota –. Mi volta le spalle, allontanandosi da me di qualche passo. Gli corro dietro, lo fermo. – A proposito, – aggiunge. – Ti stanno proprio bene gli orecchini verdi. Dovresti metterli piú spesso.

– Gli orecchini verdi... – balbetto, ricordando anche il bigliettino che li aveva accompagnati e la commozione che avevo provato nel leggerlo. Gli occhi mi si riempiono di lacrime. – Me li hai regalati... tu?

– Esatto. E sai perché? Perché sono uno stupido.

Si volta di nuovo, riprendendo a camminare. – Aspetta, parliamone... – lo prego, afferrandogli il polso, ma lui si libera con uno strattone. – Lasciami andare.

Lo guardo allontanarsi nella notte finché la sua figura viene inghiottita dal buio.

E nell'attimo in cui lo perdo, capisco cosa ho perso.

CAPITOLO QUARANTUNESIMO

Mi allontano da Viola a grandi falcate, e ogni passo che muovo in direzione contraria alla sua aggiunge distanza alla distanza che già ci separa, e che si innalza tra noi come una barriera. Attraverso la notte buia come fuggendo, strada dopo strada, senza una meta. Non voglio tornare a casa, ho bisogno di pensare, di muovermi, di camminare fino a perdermi. Provo una rabbia cieca che non trova ragioni. Mi interrogo, cerco di capire dove ho sbagliato, qual è stato l'errore, eppure non riesco a individuare la colpa.

Mi sono innamorato. È successo. E ci ho creduto. A occhi chiusi, come a una fede, come quando preghi e non sai se c'è veramente un Dio che ti sta ascoltando. Mi ci sono tuffato a capofitto in questo amore, mi sono lanciato senza paracadute, ho rinunciato a ogni difesa.

Ma è una colpa avere amato?

Continuo a camminare, cammino ma non piango, non piango e non mi maledico, vorrei maledirmi invece, e piangere per buttare fuori tutto questo dolore che fa male, fa male da morire.

Dicono che un attimo prima di morire ti passa davanti agli occhi tutta la tua vita, scena per scena. Ed è quello che mi succede adesso. Rivedo i momenti che io e Viola abbiamo trascorso insieme in questi mesi bellissimi che mi sembravano un sogno: io e lei al bar che giochiamo a calcetto con i miei amici sbaragliando tutti, io e lei che balliamo in discoteca divertendoci come pazzi, io e lei al cinema che ci baciamo invece di guardare il film, io e lei che litighiamo discutendo di filosofia, io e lei, io e lei io e lei io e lei, e la ferita diventa ancora piú profonda, si apre, sanguina. E vorrei odiarla, vorrei odiare Viola con tutto il cuore, sono sicuro che se riuscissi a odiarla non farebbe cosí male. Eppure non è nemmeno colpa sua se non si è innamorata di me. La nostra storia è finita ancora prima di iniziare, e non è colpa di nessuno.

Cammino e la rabbia si placa a poco a poco, passo dopo passo.

Rimane soltanto un vuoto dentro che non si può riempire, e il rimpianto per tutte le cose che dovevamo ancora vivere e che non saranno. Non c'è piú futuro davanti a noi, non c'è piú niente da scoprire insieme. Nessuna prima volta da condividere. Stasera per noi è stata l'ultima. L'ultima volta.

CAPITOLO QUARANTADUESIMO

Volevo parlargli, volevo fare un ultimo tentativo. Sono stata sveglia fino a tarda notte a pensare alle parole giuste da dirgli, mi ero preparata il discorso, le sapevo a memoria. Stamattina a scuola le prime ore non passavano piú, continuavo ad agitarmi sulla sedia, non capivo niente di quello che spiegavano i professori. Appena è suonata la campanella dell'intervallo sono schizzata dal banco e sono andata a cercare Daniele nella sua classe. Mi sono affacciata alla porta dell'aula con il cuore che tremava, cercandolo con lo sguardo. E sono rimasta di sasso. Lui non mi ha vista, era di spalle, stava scherzando con la sua compagna Barbara Vidal, la francesina, che gli si strusciava addosso come una gatta in calore. Non aspettava altro che ci lasciassimo, quell'avvoltoio in minigonna con la erre moscia. E magari un'altra piú coraggiosa di me sarebbe andata lo stesso da lui, a testa alta, sfoderando gli artigli contro la rivale. Ma io no, io sono tornata indietro con le parole morte in gola e una sensazione di impotenza sconfortante che ha paralizzato i miei propositi di tentare una riconciliazione.

Mi manca. Daniele mi manca come non avrei mai creduto. Mi manca il suo sguardo attento quando gli raccontavo la mia giornata, mi manca il suo messaggio di buongiorno appena accendevo il telefono, il suo abbraccio in cui mi sentivo al sicuro e la sua pelle sincera quando mi accarezzava, mi mancano i suoi discorsi seri pieni di passione, le nostre serate passate a ridere di niente e tutte quelle piccole attenzioni che mostrava per me e che davo per scontate come se mi spettassero di diritto.

Non ho ancora accettato l'idea che tra noi sia finita. Controllo il display del cellulare in continuazione; ogni volta che mi arriva un messaggio sobbalzo sperando che sia il suo e, anche se cerco di distrarmi, il pensiero di lui si insinua a tradimento in ogni anfratto della mia mente, impedendomi la concentrazione nello studio.

Per domani è fissata l'ultima verifica di inglese; Francesca è venuta a casa mia, però oggi le mie spiegazioni sconnesse servono a ben poco, e ho l'impressione che neanche lei mi stia veramente ascoltando, tanto che a un certo punto mi fermo. Sento il bisogno di confidarmi con qualcuno, forse Francesca può aiutarmi a chiarire i miei sentimenti confusi. Chiudo il libro, prendendo un lungo respiro prima di parlare. Ma lei mi precede: – Viola, ti devo dire una cosa... – mi confessa in un soffio. – Sono nei guai.

La dottoressa del consultorio ci ha ricevute subito, anche se non avevamo un appuntamento. Francesca era restia a venire, pensava che bisognasse pagare un ticket, invece non serviva neppure la richiesta del medico. Inoltre temeva che i suoi potessero scoprirlo, ma la dottoressa l'ha rassicurata anche su questo punto: – Noi operatori siamo vincolati dal segreto professionale. Se tu non lo desideri, i tuoi genitori non sapranno che sei stata qui –. È stata brava a metterla a suo agio, le ha spiegato come funziona il consultorio e poi le ha fatto qualche domanda per rompere il ghiaccio. Infine le ha chiesto di parlarle del suo problema e Francesca le ha detto che questo mese non le sono arrivate le mestruazioni.

– Quando le hai avute l'ultima volta?

– Non me lo ricordo di preciso... non l'ho segnato. Sono in ritardo piú o meno di dieci giorni.

– Che metodo usi per proteggerti durante i rapporti sessuali?

– Be', noi... stiamo attenti.

– Cosa intendi per «stiamo attenti»?

– Cioè, lui prima di venire... si tira indietro.

– Francesca, questo metodo non funziona. I maschi perdono liquido fecondante durante tutta la durata del rapporto. E, per quanto riguarda te, non esistono giorni sterili, esistono soltanto giorni piú o meno fertili.

Francesca ha lo sguardo impaurito. – Io non credevo che... – farfuglia, stringendo le labbra per non mettersi a piangere.

– Ti va di fare il test? – le propone la ginecologa.

– Adesso?

– Sí. Prendiamo un campione delle tue urine e lo mandiamo in laboratorio analisi. I risultati li avremo già domani.

Francesca annuisce, cercando di farsi coraggio. La dottoressa le consegna un contenitore di plastica. – Il bagno è in fondo al corridoio.

Dopo facciamo una lunga camminata costeggiando i binari della vicina ferrovia. Ogni tanto un treno ci sfreccia accanto, coprendo le nostre parole con il suo rombo di metallo. Francesca accende una sigaretta dopo l'altra. Non ne aspira nemmeno il fumo. Ha solo bisogno di tenersi occupata con qualcosa.

– Alfredo lo sa? – le chiedo.

– No, non gliel'ho ancora detto, non voglio allarmarlo per niente. Ha già i suoi casini sul lavoro.

– Tu e lui state insieme da tanto tempo?

– Da dieci mesi, ma è come se lo conoscessi da sempre... L'ho incontrato in un periodo difficile in cui il mondo mi sembrava tutto storto... mi ero come persa... bevevo parecchio, frequentavo gente sbagliata, facevo un sacco di stronzate... È stato Alfredo a ridarmi un po' di fiducia. Mi ha insegnato a usare la testa, e non mi ha giudicata quando gli ho detto che non ero piú vergine.

La ascolto senza interromperla, annuendo ogni tanto.

– Prima di lui sono stata soltanto con un altro. Non so neanche come si chiama, non mi ricordo nemmeno la sua faccia, ero troppo ubriaca quella sera... L'abbiamo fatto in macchina, nel parcheggio della discoteca. Mi ha fatto schifo e dopo ho vomitato anche l'anima.

Smette di camminare, appoggiandosi a un albero con la mano.

– Non ti senti bene? – le chiedo.

– Mi gira la testa...

– Vuoi che ci sediamo?

– Sí, è meglio...

Ci fermiamo su una panchina ai margini della strada. Il caldo è opprimente. Tiro fuori la bottiglietta dell'acqua dalla borsa. La faccio bere.

Poi Francesca conclude il suo racconto. – Sai, Viola, quella per me non è stata la prima volta. La mia vera prima volta è stata con Alfredo.

Le prendo una mano, gliela stringo forte.

Quando il giorno dopo torniamo in consultorio, la dottoressa le consegna il referto: Francesca non è incinta.

– Se entro una settimana non ti vengono le mestruazioni, ripetiamo il test per sicurezza. E, se ti va, possiamo fissare un appuntamento per parlare di contraccezione: potrei aiutarti a scegliere il metodo anticoncezionale piú adatto a te...

Francesca conferma, con le lacrime agli occhi dal sollievo.

CAPITOLO QUARANTATREESIMO

È finita. Anche quest'anno è finita l'ultima ora dell'ultimo giorno di scuola. Al suono della campanella, le voci degli studenti si alzano in un urlo di giubilo selvaggio che accoglie con gioia l'arrivo delle vacanze. Ultimi saluti, pacche sulla spalla, strette di mano, baci, abbracci, l'atmosfera è euforica, all'uscita si fa baldoria e si lanciano gavettoni. Mi attardo davanti al portone, lo tengo d'occhio mentre scherzo con un paio di compagni facendo finta di ridere. Aspetto che esca la classe di Viola per poterla vedere un'ultima volta. Ho sperato che mi cercasse in questi giorni, ho pregato che mi chiamasse, mi sarebbe bastato un suo cenno, un messaggio, anche solo una parola, e invece c'è stato soltanto un silenzio freddo e indifferente.

Raggiungo il mio scooter, lo libero dalla catena, tolgo il cavalletto, cercando di allungare il piú possibile i tempi.

– Me lo dai un passaggio? – mi chiede una voce alle mie spalle.

– Spiacente, ma ho un casco solo.

– Pur di fare un giro con te, potrei anche rischiare la vita, – ribatte Barbara.

Sto per ripeterle il mio rifiuto, quando vedo Viola uscire dal portone. È con Ferrandi, camminano a braccetto, sembrano molto allegre, beate loro. Mi vede anche lei. Ci guardiamo, ma nessuno dei due sorride. Sento salire di nuovo la rabbia, e una gran voglia di farla ingelosire.

– Allora? – incalza Barbara.

– Be', non posso dire di no a una ragazza disposta a rischiare la vita per me.

Barbara non se lo fa ripetere due volte. Sale sullo scooter, mi circonda i fianchi con le braccia, mi si stringe addosso.

Prima di dare gas, lancio un ultimo sguardo verso Viola. Non sembra molto allegra adesso.

Saliamo da me. La casa è libera, mia madre a quest'ora è al lavoro. La porto in camera, ci sediamo sul mio letto. Non ci diciamo niente, non siamo venuti qui per parlare. Mi bacia lei per prima. Mi mette tutta la lingua in bocca, la fa ruotare lentamente insieme alla mia con movimenti ampi, avvolgenti, ritmati; è una che ci sa fare, Barbara, eppure il suo bacio non ha sapore, e non mi suscita nessuna emozione. Le infilo le mani sotto la maglietta di cotone, le tocco il seno generoso da sopra il reggiseno, lei mi aiuta a slacciarlo, poi si siede a cavalcioni sopra di me, ondulando il bacino come se cavalcasse; sento un'erezione violenta, persino dolorosa, che Barbara accoglie con un sorriso di soddisfazione. Rovescio la testa indietro, chiudendo gli occhi. Non mi è difficile immaginare Viola al suo posto, Viola che fa quello che sta facendo lei, che non smette di baciarmi, di leccarmi, di mordermi. Mi morde le labbra, il collo, le orecchie, e intanto fa scorrere le unghie sulla schiena, graffiandomi la carne. Quindi si alza, mettendosi in ginocchio davanti a me; inizia a sbottonarmi i pantaloni, le mani svelte sono esperte, sanno come muoversi, ma non c'è nessuna tenerezza nei suoi gesti, nessuna attenzione. E la sua sicurezza eccessiva mi inibisce. Riapro gli occhi, guardo Barbara mentre armeggia con i bottoni dei miei jeans e per un attimo è come se vedessi la scena dal di fuori: non riesco a riconoscermi, c'è qualcosa di sbagliato in tutto questo e mi chiedo perché sono qui con una di cui non me ne frega niente, invece che con la ragazza che amo. L'erezione si spegne, muore all'improvviso dentro le sue mani.

– Che c'è? – mi chiede, senza riuscire a reprimere una smorfia di delusione.

Emetto un lungo sospiro, non trovo la voce.

– Non ti piace?

– Scusami...

– Va be', può succedere a tutti... ci riproviamo, okay?

– No, senti... è meglio se lasciamo stare...

Mi fissa con lo sguardo freddo, risentito, ottuso. – Allora perché mi hai portata qui?

Mi passo una mano sul viso. Mi sento umiliato, abbattuto e stanco, troppo stanco per tentare una spiegazione.

– Adesso capisco perché la tua biondina ti ha mollato, – sibila velenosa.

Poi raccoglie le sue cose in fretta e mi lascia da solo.

CAPITOLO QUARANTAQUATTRESIMO

Da quando è finita la scuola non faccio che pensare a lui. A lui che non è piú accanto a me. A lui che non potrò vedere per chissà quanto tempo. A lui con un'altra che non sono io.

Sono stati i dieci giorni piú lunghi e inutili della mia vita. Almeno prima c'era lo studio a distrarmi, mentre ora il tempo si trascina lento, vuoto, privo di senso e di attrattive. Mi sento intrappolata in un labirinto di apatia dal quale non riesco a uscire. Sono solo capace di piangermi addosso. È proprio vero che ti rendi conto dell'importanza delle persone soltanto quando le perdi. Bella fregatura, comunque!

Si chiamava amore, ma ero troppo distratta per riconoscerlo. E ora è tardi per rimediare.

Vado a trovare Francesca in birreria. Lei chiede a un collega di darle il cambio per dieci minuti. Ho voglia di sbronzarmi, stasera, non può farmi che bene. – Me la offri una birra?

– Come no! – mi risponde. Si siede a un tavolo con me. Ci fa portare due boccali enormi. – Dobbiamo brindare alla nostra promozione!

Già, la nostra promozione... me n'ero persino dimenticata.

– Allora, fiorellino, si può sapere cos'è successo tra te e Daniele?

Le racconto tutta la nostra storia, dall'inizio alla fine. – L'hai visto anche tu no, l'ultimo giorno di scuola, con Barbara Vidal...

– Che avvoltoio quella lí! E tu che non fai niente...

– Cosa vuoi che faccia? Ci siamo lasciati. È finita ormai.

– Ne sei sicura? Scommetto che Daniele lo sta facendo apposta per farti ingelosire.

– Allora è stronzo!

– No, Viola, guarda che ti stai sbagliando. È per colpa tua se vi siete lasciati. Nel momento in cui lui aveva bisogno di essere rassicurato, tu gli hai tirato un bel calcio nel sedere. E adesso che cosa dovrebbe fare? Stare ad aspettare te tutta la vita? Svegliati, fiorellino! In giro non ci sono solo viole e primule. Ci sono anche le piante carnivore. E quelle ti mangiano. Ti sei voluta risparmiare, ti sei nascosta dietro alle tue scuse comode, che volevi essere prudente, che non riuscivi a fidarti, che volevi difenderti dalle delusioni, ma in amore non funziona cosí. In amore bisogna anche dare, e non soltanto prendere, e tu non hai avuto il coraggio di metterti in gioco... La verità è che non vuoi fare sul serio. Tu hai paura di amare davvero.

La verità mi buca il cuore, mi mette a nudo, mi fa piangere.

Francesca mi prende le mani tra le sue. – Vai da lui. Se davvero ci tieni, diglielo guardandolo negli occhi. Diglielo adesso! O vuoi lasciare che una Barbara qualunque te lo porti via?

Attraverso le strade correndo a perdifiato, le scavalco a una a una, come in una corsa a ostacoli, e a ogni strada che oltrepasso il mio coraggio cresce, diventa forza, una forza che spazza via tutte le paure.

Arrivo sotto casa sua senza fiato, sudata, i capelli appiccicati alla fronte, le gambe molli. Alzo gli occhi verso la finestra della sua camera. La luce è spenta. Le tapparelle sono abbassate. Anche le altre finestre dell'appartamento sono chiuse dalle tapparelle.

– Ciao, Viola.

So a chi appartiene questa voce. Abbasso lo sguardo, voltandomi verso di lui. – Ciao, Vito.

– Daniele non c'è. Sono partiti ieri, sono andati al mare.

– Ah... e quando tornano?

– Mi sa a settembre. Sai, loro d'estate vanno a stare nella casa dei nonni...

Annuisco. Avrei dovuto immaginarlo che non sarebbe stato cosí facile. Niente è mai facile. Però stavolta non mi arrendo tanto facilmente.

– Vito... me lo faresti un favore?

La sua bocca si allarga in un sorriso galante. – Non nego mai un favore a una bella ragazza...

Poco dopo stringo tra le mani un foglietto con un appunto.

– Grazie, – gli dico.

– E di cosa? – Si gratta la testa, un po' imbarazzato. – Ehm, Viola, ti volevo dire... Daniele ci tiene molto a te.

– Lo so.

CAPITOLO QUARANTACINQUESIMO

Quindi è cosí che succede. Un attimo prima ti senti affogare in mezzo alla tristezza; anche se è estate e c'è il mare davanti alla tua finestra, e il cielo è di un azzurro cosí terso che sembra di cartone. Guardi gli altri, li vedi felici, e ti chiedi quand'è che sarai di nuovo felice anche tu e ti pare impossibile che possa capitarti ancora.

Soltanto un attimo dopo, qualcuno bussa alla tua porta. Ti trascini ad aprire con l'entusiasmo di un condannato a morte aspettandoti di vedere il postino, e invece ti trovi davanti la sorpresa piú bella che la vita ti abbia mai regalato. E allora capisci cos'è la felicità, quella vera, e tutto il percorso che hai dovuto fare per meritarla, attraverso i dubbi, le delusioni, la rabbia, il dolore, finalmente acquista un senso che prima non vedevi.

Io e Viola ci ritroviamo dentro l'emozione di un abbraccio che cancella ogni rancore, ed è come se non ci fossimo mai lasciati.

Poco distante è parcheggiato un maggiolone decapottabile; al volante, una donna sui trent'anni dall'aria simpatica mi saluta con la mano.

– È mia zia, – mi spiega Viola. – Mi ha accompagnata lei... Abbiamo trovato posto in un albergo qui vicino.

– E il mio indirizzo come l'hai avuto?

– Vito...

A pranzo mia nonna prepara per tutti una spaghettata alle vongole da paura, e nel pomeriggio andiamo a fare il bagno in mare (il costume bagnato di Viola, anzi, quello che si intravede sotto il costume bagnato di Viola, continua a distrarre la mia attenzione). E poi arriva la sera a portarci le stelle, preludio di una notte carica di promesse.

La barca del nonno è ormeggiata al solito posto, in fondo al pontile, sul lato destro, un po' discosta dalle altre. È una vecchia barca a motore color giallo limone; ha il doppio dei miei anni e si chiama *Sofia*, come mia nonna, anche se lei ci sale raramente perché soffre il mal di mare. Io, invece, mi ci trovo perfettamente a mio agio fin da quando ero piccolissimo.

– È questa, – dico a Viola, fermandomi per recuperare le chiavi dalla tasca (le chiavi che ho sottratto al nonno senza chiedergli il permesso); le infilo nella serratura, la apro, faccio scorrere la porta. – Vieni, entra... – Precedo Viola giú per la scaletta che conduce nella cabina interna: sono solo pochi metri quadrati, però l'ambiente è confortevole, tutto arredato in legno, con un piccolo divano e un letto a due piazze di forma triangolare come la prua.

– Soffri il mal di mare, per caso?

– Veramente non lo so: è la prima volta che salgo su una barca.

– Allora speriamo di no... – rido, cercando di mascherare il nervosismo.

La attiro a me, unendo la mia bocca alla sua. Ho immaginato tante volte questo momento, ma adesso che sto per viverlo ho paura di inciampare nella mia inesperienza.

Lasciamo cadere i vestiti, d'estate sono pochi i vestiti addosso; siamo nudi in pochi attimi, stretti l'uno dentro l'altro, i corpi che vibrano, ed è stupefacente tenere tra le braccia un altro essere umano, sentirlo cosí vicino. Respiro la sua pelle, mi inebrio del suo profumo, e lo stupore si trasforma in vertigine.

Le mie mani percorrono il suo corpo, ne esplorano ogni angolo, si avventurano in luoghi ancora sconosciuti, osano dove non hanno mai osato. Accarezzo il triangolino soffice di peli chiari e le grandi labbra del suo sesso che al mio tocco si schiudono come i petali di un delicato fiore rosa. Cerco il clitoride, lo sfioro con l'indice, descrivendo piccoli cerchi concentrici; poi, lascio scivolare il dito dentro le sue pieghe soffici e bagnate, muovendolo dentro e fuori con delicatezza, attento a non fare movimenti troppo bruschi.

– Ti piace se faccio cosí? – le chiedo, ansioso di avere una conferma.

– Sí, – mi dice lei, con la voce bassa e roca, i respiri che diventano sospiri.

La guardo abbandonarsi a me e lo spettacolo del suo piacere diventa il mio piacere. Continuiamo a baciarci, a toccarci, a esplorare i nostri corpi con tutti i sensi, alla scoperta del codice misterioso dell'altro, che a poco a poco si disvela.

Quando arriva il momento, ci guardiamo negli occhi fino in fondo all'anima.

– Hai paura? – le chiedo.

– Un po'... e tu?

– Io ho paura di deluderti...

– Non succederà.

Mi stacco da lei per recuperare il preservativo. Anche se sono eccitato e nervoso, faccio attenzione a indossarlo nel modo giusto: stringo tra l'indice e il pollice il piccolo serbatoio che si trova sulla sommità per farne uscire l'aria, quindi lo srotolo fino alla base del pene controllando che aderisca bene.

Mi avvicino di nuovo a Viola. Mi stendo sopra di lei, trovando posto in mezzo alle sue gambe. La accarezzo ancora con le mani, la penetro con un dito e poi con due, li faccio strusciare sulle pareti interne del suo sesso fino a quando non sento che si dilatano, pronte ad accogliermi. Allora appoggio solo la punta del pene all'entrata della fessura, muovendolo delicatamente verso l'interno, senza spingere troppo.

– Se senti male, me lo dici, okay? Cosí ci fermiamo...

Intreccio le mie dita alle sue, scivolando piano dentro di lei, ed è il mio mondo che entra nel suo mondo, in un fremito di piacere intenso che pervade tutto il mio corpo, tutto il mio essere, e che passa dalla pelle al cuore, e dal cuore all'anima.

CAPITOLO QUARANTASEIESIMO

Quando lo sento entrare in me, abbandono la testa dietro le spalle e chiudo gli occhi; provo a rilassarmi, stringendo le mie dita alle sue per farmi coraggio e quasi non mi accorgo del dolore, che dura solo pochi istanti. Però sono troppo tesa per riuscire a provare piacere, mentre Daniele raggiunge l'orgasmo in poche spinte.

– Lo sapevo che andava a finire cosí, – mormora.

– Non fa niente... – cerco di rassicurarlo, accarezzandogli i capelli.

Si tira indietro lentamente, afferrando il preservativo alla base per evitare che possa fuoriuscire del liquido durante la manovra di retromarcia.

Rimaniamo vicini, ad ascoltare lo sciabordio delle onde che battono contro il legno della barca, cullati dal moto placido dell'acqua. Possiamo vedere un pezzo di cielo sopra le nostre teste, incorniciato dall'ampia finestra che si apre nel soffitto. Si vede anche la luna che sembra spiarci, curiosa di scoprire i nostri segreti.

Sono io a prendere l'iniziativa, dopo. Gli metto una mano sul pene, e lui mi insegna ad accarezzarlo, guidandomi con pazienza e tenerezza per farmi vedere il giusto movimento.

Non ho piú paura adesso.

Lo invito a entrare di nuovo in me, nella profondità tra le mie gambe, e sento il mio corpo che si libera, che diventa liquido mentre il ritmo delle sue spinte aumenta insieme al battito del mio cuore, ed è come se avessi cento cuori che battono insieme; un'onda di piacere inizia a crescermi dentro, si propaga dal centro del mio corpo fino a coinvolgere ogni singola cellula, sale come la marea, mi attraversa, mi travolge in un culmine di piacere che cancella il tempo e lo spazio; poi inizia a diminuire, lentamente si ritira, l'onda mi abbandona a poco a poco, fino a quando non scompare del tutto, lasciandomi appagata, piena, sazia, ricca d'amore e di vita.

Dicono che la prima volta non si dimentica mai.

Il ricordo di questa notte mi accompagnerà per il resto della vita e, quando negli anni futuri tornerò con la mente all'incanto di questi momenti, credo che li rimpiangerò con grande nostalgia.

La prima volta è un'esperienza irripetibile, che non potrà mai piú essere cosí com'è stata; quindi, è nello stesso tempo anche l'ultima.

– Vorrei che questa notte non finisse mai, – dico a Daniele mentre passeggiamo sulla spiaggia, mano nella mano.

Lui si ferma davanti a me, guardandomi con gli occhi colmi d'amore. – Ce ne saranno tante altre come questa...

– No, come questa è impossibile...

Daniele mi sfiora il viso con dolcezza, e dentro la sua carezza c'è la nostra storia.

RINGRAZIAMENTI

Ringrazio Marta Boeri, Adriano Bologna, Roberta Bortolon, Luca Brunone, Letizia Castiglione, Chiara Crisafulli, Luigina Dagostino, Antonella Ermagora, Valentino Gadotti, Melissa Gaudenzi, Lili Lamicela, Corrado Lapusata, Enza Leggio, Isabella Locurcio, Magda Mari, Giusi Miglio, Alessandra Milighetti, Olga Moretti, Grazia Pautasso, Davide Raffa, Emanuela Robiati, Oscar Robiati, Andrea Spione, Luca Talluto, Sabrina Vigna e tutti gli operatori dei consultori di Torino e provincia che mi hanno dedicato il loro tempo prezioso. Un ringraziamento particolare va al professor Fabio Veglia e alla dottoressa Maria Rosa Giolito.

INDICE

YOUNG

Valentina Misgur, *Trovami un giorno*
Francesca Longo, *Come ti sequestro la prof*
Sophie McKenzie, *Sei passi per conquistare una ragazza*
Sabrina Rondinelli, *Camminare correre volare*
Deborah Gambetta, *Viaggio di maturità*
Francesca Longo, *In gita di distruzione*
Guido Sgardoli, *O sei dentro o sei fuori*
Sabrina Rondinelli, *La nostra prima volta*
Paola Capriolo, *No*
Patrizia Marzocchi, *Il viaggio della speranza*
Gigliola Alvisi, *Non sono una bambola!*

Finito di stampare nel mese di agosto 2010
per conto delle Edizioni EL
presso Grafica Veneta S.p.A., Trebaseleghe (Pd)